AF343069

ABBÉ CONSTANTIN.

I.

D'un pas encore vaillant et ferme, un vieux prêtre marchait sur la route poudreuse, en plein soleil. Il y avait déjà
plus de trente ans que l'abbé Constantin était curé de ce
petit village qui dormait là, dans la plaine, au bord d'un
mince cours d'eau appelé la Lizotte.

L'abbé Constantin, depuis un quart d'heure, longeait le
mur du château de Longueval; il arriva devant la grille
d'entrée qui s'appuyait, haute et massive, sur deux lourds
piliers de vieilles pierres brunies et rongées par le temps.
Le curé s'arrêta et tristement regarda deux immenses affiches bleues placardées sur les piliers.

Ces affiches annonçaient que, le mercredi 18 mai 1881,
à une heure, aurait lieu la vente du domaine de Longueval,
divisé en quatre lots :

1° Le château de Longueval et ses dépendances, traversé
par la rivière de la Lizotte. Mise à prix : six cent mille
francs ;

2° La ferme de Blanche-Couronne, mise à prix : cinq
cent mille francs ;

3º La ferme de la Rozeraie, mise à prix : quatre cent
mille francs;

4º La futaie et les bois de la Mionne, mise à prix : cinq
cent cinquante mille francs.

Et ces quatre chiffres additionnés au bas de l'affiche don-
naient la respectable somme de deux millions cinquante
mille francs.

Ainsi donc il allait être divisé, ce magnifique domaine
qui, depuis deux siècles, échappant au morcellement, avait
toujours été transmis intact, de père en fils, dans la famille
des Longueval. L'affiche annonçait bien que, après l'adjudication provisoire des quatre lots, il y aurait faculté de
réunion et mise en adjudication du domaine tout entier;
mais c'était un bien gros morceau et, selon toute apparence,
aucun acheteur ne se présenterait.

La marquise de Longueval était morte, six mois auparavant; les trois héritiers étaient les trois petits-enfants de
la marquise. On avait dû mettre le domaine en vente, deux
des héritiers étant mineurs.

Il était midi. Dans une heure, il aurait un nouveau
maître, le château de Longueval. Et ce maître, qui serait-
il? Quelle femme, dans le grand salon tout entouré d'an-
ciennes tapisseries, prendrait, au coin de la cheminée, la
place de la marquise, la vieille amie du pauvre curé de
campagne? C'était elle qui avait relevé l'église du village;
c'était elle qui se chargeait de l'approvisionnement et de
l'entretien de la pharmacie tenue au presbytère par Pauline, la servante du curé; c'était elle qui, deux fois par
semaine, dans son grand landau tout encombré de petits
vêtements d'enfant et de gros jupons de laine, venait
prendre l'abbé Constantin et faisait avec lui ce qu'elle appelait *la chasse aux pauvres.*

Il reprit sa marche en pensant à tout cela, le vieux
prêtre... Puis il pensait aussi, — les plus grands saints
ont eu leurs petites faiblesses, — il pensait aussi à ses
chères habitudes de trente années brusquement inter-
rompues. Tous les jeudis et tous les dimanches, il dînait 5
au château... Comme il était gâté, choyé, câliné!... La
petite Camille — elle avait huit ans — venait s'asseoir sur
ses genoux et lui disait :

— Vous savez, monsieur le curé, c'est dans votre église
que je veux me marier, et bonne maman enverra des fleurs 10
tout plein, tout plein l'église... plus que pour le mois de
Marie. Ce sera comme un grand jardin tout blanc, tout
blanc, tout blanc!

Le mois de Marie!... C'était alors le mois de Marie;
l'autel, autrefois, à cette époque-là, disparaissait sous les 15
fleurs apportées des serres du château. Cette année, sur
l'autel, rien que quelques pauvres bouquets de muguet et
de lilas blanc, dans des vases de porcelaine dorée. Autrefois, tous les dimanches, à la grand'messe, et tous les soirs,
pendant le mois de Marie, mademoiselle Hébert, la lectrice 20
de madame de Longueval, venait tenir le petit harmonium
donné par la marquise... Aujourd'hui, le pauvre harmonium, réduit au silence, n'accompagnait plus la voix des
chantres et les cantiques des enfants...

Le mur du parc venait de finir, de ce parc dont tous 25
les détours étaient familiers au vieux curé. La route suivait maintenant les bords de la Lizotte et, de l'autre côté
de la petite rivière, s'étendaient les prairies des deux
fermes; puis, au delà, s'élevait la haute futaie de la Mionne.
Morcelé... le domaine allait être morcelé!... Cette pensée 30
déchirait le cœur du pauvre prêtre. Pour lui, tout cela,
depuis trente ans, tenait ensemble, faisait corps. C'était un

peu son bien, sa chose, cette grande propriété. Il se sentait chez lui sur les terres de Longueval. Il lui était arrivé plus d'une fois de s'arrêter complaisamment devant quelque immense champ de blé, d'arracher un épi, de l'égrener et de se dire :

— Allons! le grain est beau, bien ferme et bien nourri. Nous aurons cette année une bonne récolte.

Et, joyeusement, il reprenait sa route à travers *ses* champs, *ses* herbages et *ses* prairies. Bref, par toutes les choses de sa vie, par toutes ses habitudes, tous ses souvenirs, il tenait à ce domaine dont la dernière heure était venue.

L'abbé apercevait au loin la ferme de Blanche-Couronne; ses toitures en tuiles rouges se détachaient sur la verdure de la futaie. Là encore, le curé se trouvait chez lui. Bernard, le fermier de la marquise, était son ami, et, lorsque le vieux prêtre s'était attardé dans ses visites aux pauvres et aux malades, lorsque, le soleil se rapprochant de l'horizon, l'abbé se sentait un peu de fatigue dans les jambes et de tiraillements dans l'estomac, il s'arrêtait, soupait chez Bernard, se régalait d'un bon fricot de lard et de pommes de terre, vidait son pichet de cidre; puis, après le souper, le fermier attelait sa vieille jument noire à son petit cabriolet et reconduisait le curé à Longueval. Tout le long de la route, ils bavardaient et se querellaient... Le curé reprochait au fermier de ne pas venir à la messe, et celui-ci de répondre :

— La femme et les filles y vont pour moi... Vous savez bien, monsieur le curé, c'est comme ça chez nous. Les femmes ont de la religion pour les hommes. Elles nous feront ouvrir les portes du paradis.

Et malicieusement il ajoutait, en allongeant un petit coup de fouet à la jument noire :

— S'il y en a un!

Le vieux curé bondissait dans le vieux cabriolet.

— Comment! s'il y en a un? Mais certainement il y en a un!

— Alors vous y serez, monsieur le curé. Vous dites que ce n'est pas sûr... et moi, je vous dis que si... Vous y serez! vous y serez! à la porte, guettant vos paroissiens et continuant à vous occuper de nos petites affaires... Et vous direz à saint Pierre... car c'est bien saint Pierre, n'est-ce pas, qui tient les clefs du paradis?

— Oui, c'est saint Pierre.

— Eh bien, vous lui direz, à saint Pierre, s'il veut me fermer la porte au nez, sous prétexte que je n'allais pas à la messe, vous lui direz : « Bah! laissez-le passer tout de même... C'est Bernard, un des fermiers de madame la marquise, un brave homme. » Ça touchera saint Pierre, qui répondra : « Eh bien, allons, passez, Bernard, mais c'est bien pour faire plaisir à M. le curé. » Car vous serez encore curé là-haut, et curé de Longueval. Ce serait trop triste pour vous le paradis, si ça vous empêchait de rester curé de Longueval.

Curé de Longueval, oui, toute sa vie il n'avait été que cela, n'avait jamais rêvé autre chose et n'avait jamais voulu autre chose. A trois ou quatre reprises, on lui avait proposé de grosses cures de canton, d'un bon rapport. Il avait refusé. Il aimait sa petite église, son village, son petit presbytère. Il était là seul, tranquille, faisant tout lui-même; toujours par voies et par chemins, sous le soleil et sous la pluie, sous le vent et sous la grêle. Son corps s'était endurci à la fatigue, mais son âme était restée douce et tendre.

Il vivait dans son presbytère, grande maison de paysan

qui n'était séparée de l'église que par le cimetière. Quand
le curé montait à l'échelle pour palisser ses poiriers et ses
pêchers, par-dessus la crête du mur il apercevait les
tombes sur lesquelles il avait dit les dernières prières et
5 jeté les premières pelletées de terre. Alors, tout en faisant
sa besogne de jardinier, il disait mentalement une petite
oraison pour le salut de ceux de ses morts qui l'inquié-
taient et qui pouvaient être retenus dans le purgatoire Il
avait une foi naïve et tranquille.

10   Mais, parmi ces tombes, il y en avait une qui, plus souvent que les autres, avait sa visite et ses prières. C'était la
tombe de son vieil ami, le docteur Reynaud, mort entre
ses bras en 1871, et dans quelles circonstances! Le docteur était comme Bernard, jamais il n'allait à la messe et
15 jamais il n'allait à confesse; mais il était si bon, si chari-
table, si compatissant à ceux qui souffraient!... C'était la
grande préoccupation, la grande inquiétude du curé. Son
ami Reynaud, où était-il? Puis il se rappelait la noble vie
du médecin de campagne, toute de courage et d'abnégation,
20 il se rappelait sa mort, surtout sa mort! et il se disait :

      — Au paradis! il ne peut être qu'au paradis! Le bon
Dieu lui a peut-être fait faire un peu de purgatoire... pour
la forme... mais il a dû l'en retirer au bout de cinq
minutes...

25   Voilà tout ce qui passait par la tête du vieux curé pendant qu'il continuait sa route vers Souvigny. Il s'en allait
à la ville, chez l'avoué de la marquise, pour connaître le
résultat de la vente, pour savoir quels étaient les nouveaux
maîtres de Longueval; l'abbé avait encore un kilomètre
30 à parcourir, avant d'atteindre les premières maisons de
Souvigny; il suivait le mur du parc de Lavardens, quand
il entendit au-dessus de sa tête des voix qui l'appelaient :

— Monsieur le curé! monsieur le curé!

En cet endroit, bordant le mur, une longue allée de tilleuls faisait terrasse et l'abbé, levant la tête, aperçut madame de Lavardens et son fils Paul.

— Où allez-vous, monsieur le curé? demanda la comtesse.

— A Souvigny, au tribunal, pour savoir...

— Restez ici... M. de Larnac doit venir, après la vente, me dire le résultat.

L'abbé Constantin monta sur la terrasse.

Gertrude de Lannilis, comtesse de Lavardens, avait été très malheureuse dans son ménage. A dix-huit ans, elle fit une folie, la seule de sa vie, mais irréparable. Elle épousa, par amour, dans un élan d'enthousiasme et d'exaltation, M. de Lavardens, un des hommes les plus séduisants et les plus spirituels de ce temps. Lui, ne l'aimait pas et ne se mariait que par nécessité; il avait dévoré jusqu'au dernier sou sa fortune patrimoniale et, depuis deux ou trois années, ne se soutenait dans le monde que par des expédients. Mademoiselle de Lannilis savait tout cela et ne se faisait à cet égard aucune illusion, mais elle se disait :

— Je l'aimerai tant, qu'il finira par m'aimer.

De là tous ses malheurs. Son existence aurait été tolérable, si elle n'avait pas tant aimé son mari; mais elle l'aimait trop. Elle ne réussit qu'à le fatiguer de ses tendresses. Il reprit et continua sa vie d'autrefois, qui était fort désordonnée. Quinze années se passèrent ainsi dans un long martyre, supporté par madame de Lavardens avec toute l'apparence d'une impassible résignation qui n'était pas dans son cœur. Rien ne put la distraire ni la guérir de cet amour qui la déchirait.

M. de Lavardens mourut en 1869; il laissait un fils âgé

de quatorze ans et chez lequel déjà se montraient tous les
défauts et toutes les qualités de son père. Sans être sérieusement compromise, la fortune de madame de Lavardens
se trouvait un peu ébranlée et un peu diminuée. Madame
5 de Lavardens vendit l'hôtel de Paris, se retira à la campagne, vécut avec beaucoup d'ordre et d'économie, se
consacrant tout entière à l'éducation de son fils.

Mais, là encore, les chagrins et les tristesses l'attendaient.
Paul de Lavardens était intelligent, aimable et bon, mais
10 absolument rebelle à toute contrainte et à tout travail. Il
désespéra les trois ou quatre précepteurs qui vainement
s'efforcèrent de lui faire entrer quelque chose de sérieux
dans la tête, se présenta à Saint-Cyr, ne fut pas admis
et commença par dévorer, à Paris, le plus rapidement
15 du monde, et le plus follement, deux ou trois cent mille
francs.

Cela fait, il s'engagea au 1er régiment de chasseurs
d'Afrique, eut la chance de faire, pour ses débuts, partie
d'une petite colonne expéditionnaire dans le Sahara, se
20 conduisit bravement, devint très rapidement maréchal des
logis, et, au bout de trois années, allait être nommé sous-
lieutenant, quand il commença à se déranger et dut quitter
le service, et vécut de la brillante et misérable existence des
désœuvrés. Mais il ne passait à Paris que trois ou quatre
25 mois. Sa mère lui faisait une pension de trente mille francs
et lui avait déclaré que jamais, elle vivante, il n'aurait un
sou de plus avant son mariage. Il connaissait sa mère et
savait qu'il fallait tenir ses paroles pour choses sérieuses.
Aussi, voulant faire bonne figure à Paris et y mener
30 joyeuse vie, dépensait-il ses trente mille francs, entre les
mois de mars et de mai, puis revenait docilement se mettre
au vert à Lavardens chassant, pêchant et montant à

cheval avec les officiers du régiment d'artillerie qui tenait garnison à Souvigny.

Dès que le curé fut en présence de madame de Lavardens :

— Je puis, lui dit-elle, sans attendre l'arrivée de M. de Larnac, vous dire les noms des acquéreurs de Longueval. Je suis absolument tranquille et ne mets pas en doute le succès de notre combinaison. Pour ne pas nous faire sottement la guerre, nous nous sommes mis d'accord, mon voisin M. de Larnac, M. Gallard, un gros banquier de Paris, et moi. M. de Larnac aura la Mionne; M. Gallard, le château et Blanche-Couronne; moi, la Rozeraie. Je vous connais, monsieur le curé, vous devez être inquiet pour vos pauvres. Rassurez-vous. Ces Gallard sont très riches et vous donneront beaucoup d'argent.

En ce moment, une voiture parut au loin sur la route, dans un nuage de poussière.

— Voici M. de Larnac, s'écria Paul. Je reconnais ses poneys.

Tous les trois, en hâte, descendant de la terrasse, retournèrent au château... Ils y arrivèrent au moment où la voiture s'arrêtait devant le perron.

— Eh bien? demanda madame de Lavardens.

— Eh bien, répondit M. de Larnac, nous n'avons rien...

— Comment, rien? demanda madame de Lavardens, fort pâle et fort émue.

— Rien, rien, absolument rien, ni les uns ni les autres.

Et M. de Larnac, sautant à bas de la voiture, raconta ce qui venait de se passer à l'audience des criées du tribunal de Souvigny.

— Tout, dit-il, a d'abord marché comme sur des roulettes. Le château avec Blanche-Couronne est adjugé

à M. Gallard; la Rozeraie à vous, madame,... et moi,
j'enlève sans concurrence la forêt de la Mionne. Tout
paraissait fini; on était déjà debout; on entourait nos
avoués pour savoir le nom des acquéreurs. Cependant
5 M. Brazier, le juge chargé de la vente, réclame le silence,
et l'huissier met en vente les quatre lots réunis à deux
millions cent soixante mille francs... Un murmure ironique
circule dans l'auditoire. De tous côtés on entendait dire :
« Personne, allez, il n'y aura personne... » Mais le petit
10 Gibert, l'avoué, qui était assis au premier rang et qui,
jusque-là, n'avait pas donné signe de vie, se lève et dit
tranquillement : « J'ai acquéreur pour les quatre lots
réunis à deux millions deux cent mille francs. » Ce fut
comme un coup de foudre! Une grande clameur suivie
15 bientôt d'un grand silence. La salle était pleine de fermiers
et de cultivateurs des environs. Tant d'argent pour de la
terre, cela les jetait dans une sorte de stupeur respectueuse...
On se jette sur l'avoué Gibert, on l'entoure, on l'écrase...
« Le nom, le nom de l'acquéreur? — C'est une Améri-
20 caine, répond Gibert, madame Scott. »

    — Madame Scott! s'écria Paul de Lavardens.

    — Tu la connais? demanda madame de Lavardens.

    — Si je la connais!... si je la...! Pas du tout... Mais
j'étais au bal chez elle, il y a six semaines.

25   — Au bal chez elle!... et tu ne la connais pas!... Quelle
sorte de femme est-ce donc?

    — Ravissante, délicieuse, idéale, une merveille!

    — Et il y a un M. Scott?

    — Certainement, un grand blond. Il était à son bal...
30 On me l'a montré... Il saluait au hasard, de droite et de
gauche. Il ne s'amusait guère, je vous en réponds... Il
nous regardait et il avait l'air de se dire : « Qu'est-ce que

c'est que tous ces gens-là?... Qu'est-ce qu'ils viennent
faire chez moi?... » Nous venions voir madame Scott et
miss Percival, la sœur de madame Scott... Et ça en valait
la peine!

— Ces Scott, dit madame de Lavardens en s'adressant à
M. de Larnac, est-ce que vous les connaissez?

— Oui, madame, je les connais... M. Scott est un Américain colossalement riche, qui est venu s'installer à Paris
l'année dernière... Dès que ce nom a été prononcé, j'ai
compris que la victoire n'avait jamais été indécise. Gallard
était battu d'avance. Les Scott ont commencé par acheter
à Paris un hôtel de deux millions, du côté du parc Monceau.

— Oui, rue Murillo, dit Paul, puisque je vous dis que
je suis allé au bal chez eux; c'était...

— Laisse donc parler M. de Larnac. Tu nous la racon-
teras tout à l'heure, l'histoire de ton bal chez madame
Scott.

— Voilà donc mes Américains installés à Paris, continua
M. de Larnac, et la pluie d'or a commencé. De vrais par-
venus s'amusant à jeter follement l'argent par les fenêtres.
Cette grande fortune est toute récente; on raconte que
madame Scott, il y a une dizaine d'années, mendiait dans
les rues de New-York.

— Elle a mendié?

— On le dit, madame. Puis elle s'est mariée avec ce
Scott, le fils d'un banquier de New-York... et, tout d'un
coup, un procès gagné leur a mis entre les mains, non pas
des millions, mais des dizaines de millions. Ils ont quelque
part, en Amérique, une mine d'argent, mais une mine
sérieuse, une vraie mine, une mine d'argent... dans laquelle
il y a de l'argent... Ah! vous allez voir quel luxe va éclater à

Longueval!... Nous aurons tous l'air de pauvres dans le
pays. On prétend qu'ils ont cent mille francs à dépenser
par jour.

— Voilà nos voisins! s'écria madame Lavardens. Une
aventurière! Et ce n'est rien encore... une hérétique, monsieur l'abbé, une protestante!

Une hérétique! une protestante! Pauvre curé! c'était
bien à cela que, tout de suite, il avait pensé en entendant
ces mots : *une Américaine, madame Scott*. La nouvelle
châtelaine n'irait pas à la messe! Que lui importait qu'elle
eût mendié! Que lui importaient ses dizaines et dizaines
de millions! Elle n'était pas catholique! Il ne baptiserait
plus les enfants nés à Longueval, et la chapelle du château,
où si souvent il avait dit la messe, allait être transformée
en un oratoire protestant, qui entendrait la parole glaciale
de quelque pasteur calviniste ou luthérien.

Au milieu de tous ces gens consternés, désolés, seul,
Paul de Lavardens paraissait radieux.

— Une ravissante hérétique, en tout cas, dit-il, et même,
s'il vous plaît, deux ravissantes hérétiques! Il faut les voir,
les deux sœurs, à cheval, au Bois, avec les deux petits
grooms pas plus hauts que ça, par derrière...

— Allons, Paul, raconte-nous ce que tu sais, ce bal dont
tu parlais... Comment es-tu allé au bal chez ces Américaines?

— Par le plus grand hasard!... Ma tante Valentine restait chez elle ce soir-là... J'arrive vers dix heures... et
dame! ça n'est pas d'une gaieté folle, les mercredis de ma
tante Valentine... J'étais là depuis vingt minutes, quand
j'aperçois Roger de Puymartin qui s'esquivait adroitement.
Je le rattrape dans le vestibule. Je lui dis : « Rentrons
ensemble. — Oh! je ne rentre pas. — Où vas-tu? — Au

bal. — Chez qui? — Chez les Scott; veux-tu venir avec
moi? — Mais je ne suis pas invité. — Moi non plus! —
Comment! toi non plus? — Non, je vais attendre un de
mes amis. — Et les connaît-il, les Scott, ton ami? —
A peine, mais assez pour nous présenter tous les deux... 5
Viens donc... Tu verras madame Scott... » — Et, ma foi! je
suis allé au bal... et j'ai vu les cheveux rouges de madame
Scott, et j'espère bien les revoir, quand il y aura des bals
à Longueval...

— Paul ! dit madame de Lavardens, en lui montrant l'abbé. 10

— Oh! monsieur l'abbé, je vous demande bien pardon...

Alors, continuant son récit, Paul entama une description
enthousiaste de l'hôtel, qui était une merveille...

— De mauvais goût... et de luxe criard, interrompit
madame de Lavardens.   15

— Pas du tout, maman, pas du tout!... Rien de criard,
rien de tapageur... Des meubles admirables, des arrange-
ments pleins de grâce et d'originalité... Une serre incomparable inondée de lumière électrique. Et le buffet installé
dans la serre, sous une treille chargée de raisins... au 20
mois d'avril!... et on pouvait en cueillir à pleines mains!
Les accessoires du cotillon avaient, paraît-il, coûté quarante
mille francs. Des bijoux, des bonbonnières, des bibelots
délicieux... avec prière de les emporter. Moi, je n'ai rien
pris ; mais bien des gens ne s'en faisaient pas faute... Puy- 25
martin, ce soir-là, m'a raconté l'histoire de madame Scott...
seulement ce n'était pas tout à fait l'histoire de M. de
Larnac... Roger m'a dit que madame Scott avait été enlevée
toute petite par des saltimbanques et que son père l'avait
retrouvée faisant de la voltige dans un cirque ambulant, 30
bondissant par-dessus des banderoles et traversant des cerceaux de papier...

— Une écuyère! s'écria madame de Lavardens, j'aimais
encore mieux la mendiante!

— Et pendant que Roger me racontait ce roman du
Petit Journal, je voyais venir, du fond d'une galerie, l'é-
cuyère du cirque forain, dans un merveilleux fouillis de
satin et de dentelles, et j'admirais ses épaules, sur lesquelles
ondulait un collier de diamants gros comme des bouchons
de carafe. On disait que le ministre des finances avait
vendu secrètement à madame Scott la moitié des diamants
de la couronne et que c'était ainsi qu'il avait eu, le mois
précédent, quinze millions d'excédent sur le budget.
Ajoutez à cela, s'il vous plaît, qu'elle avait fort grand air,
la petite saltimbanque, et qu'elle était tout à fait à son aise
dans ces splendeurs.

Paul était si bien lancé, que sa mère dut l'arrêter. Devant
M. de Larnac fort dépité, il laissait trop naïvement éclater
sa satisfaction d'avoir pour voisine cette miraculeuse
Américaine.

L'abbé Constantin se préparait à reprendre le chemin de
Longueval; mais Paul, en le voyant sur le point de
partir :

— Oh! non, non, monsieur l'abbé, vous n'allez pas faire
une seconde fois à pied, par une telle chaleur, la route de
Longueval. Permettez-moi de vous reconduire en voiture.
Cela me fait beaucoup de peine de vous voir ainsi dans le
chagrin. Je vais essayer de vous distraire. Oh! vous avez
beau être un saint, je vous fais rire quelquefois avec mes
folies.

Une demi-heure après, tous deux, le curé et Paul, rou-
laient côte à côte dans la direction du village. Paul parlait,
parlait, parlait! Sa mère n'était plus là pour le calmer et
pour le modérer. Sa joie était débordante.

— Non, voyez-vous, monsieur l'abbé, vous avez tort de
prendre les choses au tragique... Tenez, regardez ma
petite jument, comme elle trotte! comme elle lève les
pattes! Vous ne la connaissiez pas. Savez-vous ce que je
l'ai payée? Quatre cents francs. Je l'ai dénichée, il y a 5
quinze jours, dans les brancards d'une charrette de maraî-
cher. Une fois que c'est bien dans son train, ça vous fait
quatre lieues à l'heure, et on en a plein les mains, tout le
temps. Regardez, regardez donc comme elle tire! comme
elle tire!... Allons! tôt! tôt! tôt!... Rien ne vous presse, 10
n'est-ce pas, monsieur l'abbé? Voulez-vous rentrer par les
bois? Ça vous fera du bien de prendre un peu l'air... Si
vous saviez, monsieur l'abbé, comme j'ai de l'affection
pour vous et du respect!...

— Nous prenons le chemin des écoliers.   15

Après s'être jeté à gauche, sous bois, Paul revint à sa
première phrase :

— Je vous disais donc, monsieur l'abbé, de ne pas prendre
ainsi les choses tragiquement. Voulez-vous que je vous
dise ce que je pense? C'est très heureux ce qui vient d'ar- 20
river.

— Très heureux?

— Oui, très heureux... J'aime mieux les Scott à Longueval que les Gallard. Ne l'avez-vous pas entendu tout à
l'heure, M. de Larnac, oser leur reprocher de dépenser 25
follement leur argent? Il n'est jamais fou de dépenser son
argent. Ce qui est fou, c'est de le garder. Vos pauvres, —
car, j'en suis bien sûr, c'est surtout à vos pauvres que
vous pensez, — eh bien, vos pauvres ont fait aujourd'hui
une bonne journée. Voilà mon opinion. La religion?... oui, 30
la religion... Ils n'iront pas à la messe!... cela vous fait du
chagrin, c'est tout naturel, mais ils vous enverront de

l'argent, beaucoup d'argent... et vous le prendrez et
vous aurez bien raison. Vous voyez bien que vous ne dites
pas non. Ça va être une pluie d'or sur tout le pays... Un
mouvement! un tapage! des voitures à quatre chevaux,
des postillons poudrés, des *rallye-papers*, des chasses à
courre, des bals, des feux d'artifice... Et là, dans ce bois,
dans cette allée où nous sommes, je retrouverai peut-être
Paris avant qu'il soit longtemps. J'y reverrai les deux
amazones et les deux petits grooms dont je parlais tout à
l'heure. Si vous saviez comme elles sont gentilles à cheval,
les deux sœurs! Un matin, j'ai fait, derrière elles, tout le
tour du bois de Boulogne, à Paris. Je les vois encore.

Le curé, depuis quelques instants, ne donnait plus
aucune attention aux discours de **Paul**. La voiture était
engagée dans une allée assez longue et parfaitement droite.
Au bout de cette allée, le curé voyait venir un cavalier au
galop.

— Regardez donc, dit le curé à **Paul**, regardez donc.
Vous avez de meilleurs yeux que moi. Est-ce que ce n'est
pas Jean, là-bas?

— Mais oui, c'est Jean. Je reconnais sa jument grise.

Paul aimait les chevaux et, toujours, avant de regarder
le cavalier, regardait le cheval. En effet, c'était Jean; et, en
apercevant de loin le curé et Paul, il agita en l'air son képi,
qui portait deux galons d'or. Jean était lieutenant au régiment d'artillerie en garnison à Souvigny.

Quelques instants après, il s'arrêtait près de la petite
voiture, et, s'adressant au curé :

— Je viens de chez vous, mon parrain, et Pauline m'a
dit que vous étiez allé à Souvigny, pour la vente. Eh bien,
qui l'a acheté, le château?

— Une Américaine, madame Scott.

— Et Blanche-Couronne?

— La même madame Scott.

— Et la Rozeraie?

— Encore madame Scott.

— Et la forêt... toujours madame Scott?

— Tu l'as dit, répliqua Paul... Et je la connais, madame Scott... et on va s'amuser à Longueval... Je te présenterai... Seulement ça fait de la peine à M. l'abbé... parce que c'est une Américaine, une protestante.

— Ah! c'est vrai, mon pauvre parrain... Enfin nous causerons de tout cela demain. J'irai dîner avec vous, j'ai prévenu Pauline. Je n'ai pas le temps de m'arrêter, je suis de semaine, et il faut que je sois au quartier à trois heures.

— Au revoir, Paul!... A demain, mon parrain!

Le lieutenant d'artillerie reprit le galop; Paul rendit la main à son petit cheval.

— Ce Jean, dit Paul, quel brave garçon!

— Oh! oui.

— Il n'y a rien de meilleur au monde que Jean!

— Non, rien de meilleur!

Le curé se retourna pour voir encore Jean, qui se perdait déjà dans la profondeur du bois.

— Oh! si, il y a vous, monsieur l'abbé.

— Non, pas moi, pas moi.

— Eh bien, voulez-vous que je vous dise, monsieur l'abbé? il n'y a rien de meilleur au monde que vous deux, vous et Jean. La voilà, la vérité!... Oh! tenez, le bon terrain pour trotter! Je vais laisser marcher Niniche... Je l'ai appelée Niniche.

Paul, de la pointe de son fouet, caressa le flanc de Niniche, qui se mit à trotter d'un train d'enfer, et Paul, tout joyeux :

— Mais regardez donc comme elle lève les pattes, monsieur l'abbé! regardez donc comme elle lève les pattes! Et si
régulière! Une vraie mécanique... Penchez-vous pour voir.

L'abbé, pour faire plaisir à Paul, se pencha un peu
pour voir *comme Niniche levait les pattes*... Mais il pensait à autre chose.

II.

Ce lieutenant d'artillerie s'appelait Jean Reynaud. C'était
le fils du médecin de campagne qui reposait dans le cimetière de Longueval. Lorsque l'abbé Constantin vint prendre,
en 1846, possession de sa petite cure, un docteur Reynaud,
le grand-père de Jean, était installé dans une riante mai-
sonnette, sur la route de Souvigny, entre les deux châteaux de Longueval et de Lavardens.

Marcel, le fils de ce docteur Reynaud, terminait à Paris
ses études de médecine. C'était un grand travailleur, d'une
rare distinction d'esprit. Il était résolu à rester à Paris à y
tenter la fortune... et tout déjà lui promettait la plus heureuse et la plus brillante carrière, quand il reçut, en 1852,
la nouvelle de la mort de son père, frappé d'une attaque
d'apoplexie. Marcel accourut à Longueval, le cœur déchiré.
Il adorait son père. Il passa un mois auprès de sa mère, et,
au bout de ce temps, parla de la nécessité de son retour à
Paris.

— C'est vrai, lui dit-elle, il faut que tu partes.

— Comment! que je parte?... Que nous partions. Est-ce
que tu crois que je vais te laisser ici toute seule? Je t'em-
mène.

— Aller vivre à Paris!... Quitter ce pays où je suis née, où ton père a vécu, où il est mort!... Jamais je ne pourrai, mon enfant, jamais! Pars seul, puisque ta vie et ton avenir sont là-bas. Je te connais. Je sais que tu ne m'oublieras pas, que tu viendras me voir souvent, très souvent.

— Non, ma mère, répondit-il, je resterai.

Il resta... Ses espérances, ses ambitions, tout, en une minute, s'évanouit, disparut... Il ne vit plus qu'une chose : le devoir, qui était de ne pas abandonner sa mère âgée et souffrante. Dans ce devoir simplement accepté et simplement accompli, il trouva le bonheur. D'ailleurs, au bout du compte, ce n'est guère que dans le devoir que se trouve le bonheur.

Marcel se plia de bonne grâce et de bon cœur à son existence nouvelle. Il se donna tout entier, sans regrets et sans arrière-pensée, à cette obscure profession de médecin de village. Son père lui avait laissé un peu d'argent, un peu de terre. Il vivait le plus simplement du monde, et la moitié de sa vie appartenait aux pauvres gens, de qui jamais il ne voulut recevoir un sou. C'était son seul luxe.

Une jeune fille se trouva sur son chemin, sans fortune, charmante et seule au monde. Il l'épousa. Cela se passait en 1855, et l'année suivante réservait au docteur Reynaud une grande douleur et une grande joie : la mort de sa vieille mère et la naissance de son fils Jean.

A six semaines d'intervalle, l'abbé Constantin récita les prières des morts sur la tombe de la grand'mère et assista, en qualité de parrain, au baptême du petit-fils.

A force de se rencontrer au chevet de ceux qui souffraient et de ceux qui mouraient, le prêtre et le médecin, du même cœur et du même mouvement, avaient été attirés et portés l'un vers l'autre. Ils s'étaient sentis de la même

famille, de la même race, de la race des tendres, des justes
et des bienfaisants.

Les années succédèrent aux années, calmes, douces,
tranquilles, dans les pleines satisfactions du travail et du
5 devoir. Jean grandissait... Il prit avec son père ses premières leçons d'orthographe, avec le curé ses premières
leçons de latin. Jean était intelligent et laborieux ; il fit de
tels progrès que les deux professeurs — le curé surtout
— se trouvèrent, au bout de quelques années, un peu
10 embarrassés. Leur élève devenait beaucoup trop fort pour
eux. C'est à ce moment que la comtesse, après la mort de son
mari, vint s'établir à Lavardens. Elle amenait un précepteur
pour son fils Paul, lequel était un très gentil, mais très pares-
seux petit bonhomme. Les deux enfants étaient du même
15 âge ; ils se connaissaient depuis leurs plus jeunes années.

Madame de Lavardens aimait beaucoup le docteur
Reynaud ; elle lui fit un jour une proposition :

— Envoyez-moi Jean tous les matins, lui dit-elle, je vous
le renverrai tous les soirs. Le précepteur de Paul est un
20 jeune homme très distingué ; il fera travailler nos deux
enfants... Tout sera pour le mieux. Jean donnera le bon
exemple à Paul.

Les choses furent ainsi réglées ; et le petit bourgeois
donna, en effet, au petit gentilhomme d'excellents exemples
25 de travail et d'application ; mais ces excellents exemples ne
furent pas suivis.

La guerre éclata. Le 14 novembre, à sept heures du
matin, les mobilisés de Souvigny se réunissaient sur la
grande place de la ville ; ils avaient pour aumônier l'abbé
30 Constantin, pour chirurgien-major le docteur Reynaud. La
même idée leur était venue en même temps à tous les deux ;
le prêtre avait soixante-deux ans, et le médecin cinquante.

Le bataillon, au départ, suivit la route qui traversait Longueval et qui passait devant la maison du docteur. Madame Reynaud et Jean attendaient sur le bord du chemin. Le docteur les embrassa longuement tous les deux, puis il continua son chemin.

La route, à cent pas de là, faisait un coude. Le docteur se retourna, jeta sur sa femme et sur son fils un long regard... le dernier ! Il ne devait plus les revoir.

Le 8 janvier 1871 les mobilisés de Souvigny attaquaient le village de Villersexel occupé par les Prussiens, qui avaient crénelé les murs et s'étaient barricadés dans les maisons. La fusillade éclata. Un mobilisé qui marchait au premier rang reçut une balle en pleine poitrine et tomba. Il y eut un moment de trouble et d'hésitation. « En avant ! en avant ! » crièrent les officiers. Les hommes passèrent par-dessus le corps de leur camarade, et, sous une grêle de balles, entrèrent dans le village.

Le docteur Reynaud et l'abbé Constantin marchaient avec les troupes. Ils s'arrêtèrent près du blessé.

— Rien à faire, dit le docteur ; il se meurt, il est à vous.

Le prêtre s'agenouilla près du mourant et le docteur, se relevant, s'en alla du côté du village. Il n'avait pas fait dix pas, qu'il s'arrêtait, battait l'air de ses deux bras et tombait d'un seul coup par terre. Le prêtre courut à lui. Il était mort, tué net par une balle dans la tempe.

Le soir, le village était à nous, et, le lendemain, on déposait dans le cimetière de Villersexel le corps du docteur Reynaud. Deux mois après, l'abbé Constantin ramenait à Longueval le cercueil de son ami, et derrière ce cercueil, à la sortie de l'église, marchait un orphelin. Jean avait aussi perdu sa mère. A la nouvelle de la mort de son mari, elle était restée pendant vingt-quatre heures anéantie,

écrasée, sans une parole, sans une larme. Puis la fièvre
l'avait prise, puis le délire, puis, au bout de quinze jours,
la mort.

Jean se trouvait seul au monde. Il avait quatorze ans.
5 De cette famille, où tous, depuis un siècle, avaient été bons
et honnêtes, il ne restait plus qu'un enfant agenouillé sur
une tombe et qui promettait, lui aussi, d'être ce qu'avait
été son grand-père et ce qu'avait été son père, honnête et
bon. Il y a de ces familles-là, en France, et beaucoup, et
10 beaucoup plus qu'on n'ose le dire; notre pauvre pays est
en bien des points cruellement calomnié par certains
romanciers, qui en font des peintures violentes et outrées.
Il est vrai que l'histoire des braves gens est le plus souvent
monotone ou douloureuse. Ce récit en est la preuve.

15   La douleur de Jean fut une douleur d'homme. Longtemps il resta triste et longtemps silencieux. Le soir de
l'enterrement de son père, l'abbé Constantin l'emmena avec
lui au presbytère. La journée avait été pluvieuse et froide.
Jean s'était assis au coin du feu. Le prêtre lisait son bré-
20 viaire. La vieille Pauline allait et venait, rangeant. Une
heure s'était passée sans une parole, lorsque Jean, tout à
coup, levant la tête :

— Mon parrain, dit-il, mon père m'a laissé de l'argent?

Cette question était tellement étrange, que l'abbé, stupé-
25 fait, crut avoir mal entendu.

— Tu me demandes si ton père?...

— Je vous demande, mon parrain, si mon père m'a
laissé de l'argent?

— Oui. Il a dû te laisser de l'argent...

30   — Beaucoup, n'est-ce pas? J'ai souvent entendu dire
dans le pays que mon père était riche. Dites-moi à peu
près ce qu'il a dû me laisser.

— Mais je ne sais... Tu me demandes là des choses...

Le pauvre prêtre se sentait l'âme déchirée. Une telle question dans un tel moment! Il croyait cependant connaître le cœur de Jean, et, dans ce cœur, il ne devait pas y avoir place pour de semblables pensées.

— Je vous en prie, mon parrain, dites-le-moi..., continua Jean doucement. Je vous expliquerai après pourquoi je vous demande cela.

— Eh bien, ton père avait, dit-on, deux ou trois cent mille francs.

— Et c'est beaucoup d'argent?

— Oui, c'est beaucoup d'argent.

— Et tout cet argent est à moi?

— Oui, tout cet argent est à toi.

— Ah! tant mieux, parce que, le jour où mon père a été tué là-bas pendant la guerre, les Prussiens ont tué, en même temps que lui, le fils d'une pauvre femme de Longueval... la mère Clément, vous savez? Ils ont tué aussi le frère de Rosalie, avec qui je jouais quand j'étais tout petit. Eh bien, puisque je suis riche et puisqu'elles sont pauvres, je veux partager avec la mère Clément et avec Rosalie l'argent que m'a laissé mon père.

En entendant ces paroles, le curé se leva, prit les deux mains de Jean et, l'attirant à lui, l'entoura de ses bras. La tête blanche vint s'appuyer sur la tête blonde. Deux grosses larmes se détachèrent des yeux du vieux prêtre, roulèrent lentement sur ses joues et vinrent se glisser dans les rides de son visage.

Cependant le curé dut expliquer à Jean que, s'il était le possesseur de l'héritage de son père, il n'avait pas encore le droit d'en disposer à son gré. Il allait avoir un tuteur.

— Vous, sans doute, mon parrain?

— Non, pas moi, mon enfant, un prêtre n'a pas le droit
d'exercer la tutelle. On choisira, je pense, M. Lenient, le
notaire de Souvigny, qui était un des meilleurs amis de
ton père. Tu lui parleras, tu lui diras ce que tu désires.

5   M. Lenient fut, en effet, désigné pour remplir les fonc-
tions de la tutelle. Les instances de Jean furent si vives et
si touchantes, que le notaire consentit à prélever sur les
revenus une somme de deux mille quatre cents francs, qui
fut, tous les ans, jusqu'à la majorité de Jean, partagée
10 entre la mère Clément et la petite Rosalie.

Madame de Lavardens, en cette circonstance, fut parfaite. Elle alla trouver l'abbé Constantin :

— Donnez-moi Jean, lui dit-elle, donnez-le-moi tout à
fait jusqu'à la fin de ses études. Je vous le ramènerai tous
15 les ans, pendant les vacances. Ce n'est pas un service que
je vous rendrai, c'est un service que je vous demande. Je
ne peux rien souhaiter de plus heureux pour mon fils. Je
me résigne à abandonner momentanément Lavardens; Paul
veut se faire soldat, entrer à Saint-Cyr. Ce n'est qu'à
20 Paris que je trouverai les maîtres et les ressources nécessaires. J'y conduirai les deux enfants; ils seront élevés
ensemble, sous mes yeux, fraternellement. Je ne ferai pas
de différence entre eux, vous pouvez en être persuadé.

Il était difficile de ne pas accepter une telle proposition.
25 Le vieux curé aurait bien voulu pouvoir garder Jean avec
lui, et son cœur se déchirait à la pensée de cette sépara-
tion; mais où était l'intérêt de l'enfant? voilà ce qu'il fallait uniquement se demander. Le reste n'était rien... On
fit venir Jean.

30   — Mon enfant, lui dit madame de Lavardens, veux-tu
venir avec moi et avec Paul pendant quelques années? Je
vous emmènerai tous les deux à Paris.

— Vous êtes bien bonne, madame, mais j'aurais tant désiré pouvoir rester ici!

Il regardait le curé, qui détourna les yeux.

— Pourquoi partir? continua-t-il, pourquoi nous emmener, Paul et moi?

— Parce que ce n'est qu'à Paris que vous pourrez achever sérieusement et utilement vos études. Paul se préparera à ces examens de Saint-Cyr. Tu sais qu'il veut se faire soldat.

— Et moi aussi, madame, je veux l'être.

— Toi, soldat? dit le curé, mais ce n'était pas dans les idées de ton père... Bien souvent, en ma présence, ton père a parlé de ton avenir, de ta carrière. Tu devais être médecin, et, comme lui, médecin de campagne à Longueval... et, comme lui, assister les pauvres, et, comme lui, soigner les malades. Jean, mon enfant, souviens-toi.

— Je me souviens, je me souviens.

— Eh bien, alors, il faut faire ce que voulait ton père... C'est ton devoir, Jean, c'est ton devoir. Il faut aller à Paris. Tu voudrais rester ici, oh! cela, je le comprends... et moi aussi, je voudrais bien... mais cela ne se peut pas... Il faut aller à Paris, travailler, bien travailler. Ce n'est pas là ce qui m'inquiète, tu es bien le fils de ton père. Tu seras un honnête homme et un homme laborieux. On n'est guère l'un sans l'autre. Et, un jour, dans la maison de ton père, à cette même place où il a fait tant de bien, les pauvres gens de ce pays retrouveront un autre docteur Reynaud, qui, lui aussi, leur sera secourable. Et moi, si, par hasard, je suis encore de ce monde, ce jour-là je serai si heureux, si heureux!... Mais j'ai tort de parler de moi... Je ne devrais pas... je ne compte pas, moi... C'est à ton père qu'il faut penser. Je te le répète, Jean, c'était son vœu le plus cher. Tu ne peux pas l'avoir oublié.

— Non, je ne l'ai pas oublié; mais si mon père me voit
et s'il m'entend, je suis sûr qu'il me comprend et qu'il me
pardonne, car c'est à cause de lui...

— A cause de lui?

5   — Oui, quand j'ai appris qu'il était mort et quand j'ai
su comment il était mort, tout de suite, sans avoir besoin
de réfléchir, je me suis dit que je serais soldat!... et je
serai soldat!... Mon parrain, et vous, madame, je vous en
prie, ne m'empêchez pas...

10 L'enfant fondit en larmes, dans une véritable crise de
désespoir. La comtesse et l'abbé l'apaisèrent avec de douces
paroles.

— Oui.... oui... c'est entendu... tout ce que tu voudras, tout ce que tu voudras...

15 Tous deux avaient la même pensée : laissons faire le
temps. Jean n'est encore qu'un enfant; il changera d'avis.
En quoi tous deux se trompaient : Jean ne changea pas
d'avis.

Au mois de septembre 1876, Paul fut refusé à Saint-
20 Cyr et Jean entra à l'École d'application de Fontainebleau,
en 1878... Il venait d'avoir vingt et un ans. Il était
majeur, maître de sa fortune, et le premier acte de son
administration fut une grosse, très grosse dépense. Il
acheta, pour la mère Clément et pour la petite Rosalie
25 devenue grande, deux titres de rente de quinze cents
francs chacun. Cela lui coûta soixante-dix mille francs.

Deux ans après, Jean sortait le premier de l'École de
Fontainebleau, ce qui lui donnait le droit de choisir
parmi les places vacantes. Il y en avait une dans le
30 régiment caserné à Souvigny; et Souvigny était à
trois kilomètres de Longueval. Jean demanda la place
et l'obtint.

Voilà comment Jean Reynaud, lieutenant au 9ᵉ régiment d'artillerie, vint, au mois d'octobre 1880, reprendre possession de la maison du docteur Marcel Reynaud. Voilà comment il se retrouva dans ce pays, où s'était écoulée son enfance et où tout le monde avait gardé le souvenir de la vie et de la mort de son père. Voilà comment cette joie ne fut pas refusée à l'abbé Constantin de revoir le fils de son ami... Quand le vieux curé sortait de son église, après sa messe dite, quand il voyait flotter sur la route un nuage de poussière, quand il entendait trembler la terre, sous le roulement des canons... il s'arrêtait et, comme un enfant, prenait plaisir à voir passer le régiment... Mais le régiment, pour lui, c'était Jean! C'était ce robuste et solide cavalier, sur les traits duquel se lisaient ouvertement la droiture, le courage et la bonté.

Jean, du plus loin qu'il apercevait le curé, mettait son cheval au galop et venait causer un peu avec son parrain. Le cheval de Jean tournait la tête vers le curé, car il savait bien qu'il y avait toujours un morceau de sucre pour lui dans la poche de cette vieille soutane noire, usée et rapiécée, la soutane du matin. L'abbé en avait une belle, toute neuve et qu'il ménageait... pour aller dans le monde... quand il allait dans le monde.

Les trompettes du régiment sonnaient pendant la traversée du village... et tous les regards cherchaient Jean, le petit Jean. Car, pour les vieux de Longueval, il était resté le *petit Jean*. Certain paysan tout ridé, tout cassé, n'avait jamais pu se défaire de l'habitude de le saluer, quand il passait, d'un « Eh! bonjour, gamin, ça va bien? » Il avait six pieds de haut, ce gamin.

Et Jean ne traversait jamais le village sans apercevoir, à deux fenêtres, la vieille figure parcheminée de la

mère Clément et le visage souriant de Rosalie. Cette dernière, l'année précédente, s'était mariée. Jean avait été
son témoin; et joyeusement, le soir de la noce, il avait
dansé avec les fillettes de Longueval.

5   Tel était le lieutenant d'artillerie qui, le samedi
28 mai 1881, vers cinq heures de l'après-midi, mit pied
à terre devant la porte du presbytère de Longueval. Il
entra; son cheval docilement le suivit et alla de lui-même
se placer sous un petit hangar dans la cour. Pauline était
10 à la fenêtre de la cuisine, au rez-de-chaussée... Jean s'approcha et l'embrassa de tout son cœur, sur les deux joues.

— Bonjour, ma bonne Pauline, ça va bien?

— Très bien... Je m'occupe de ton dîner... Veux-tu
savoir ce que tu auras? De la soupe aux pommes de terre,
15 un gigot et des œufs au lait...

— C'est admirable! J'adore tout cela et je meurs de faim.

— Et de la salade que j'oubliais, même tu m'aideras
tout à l'heure à la cueillir, la salade. On dînera à six
heures et demie, bien exactement, parce que ce soir,
20 à sept heures et demie, M. le curé a son office du mois de
Marie.

— Où est-il, mon parrain?

— Dans le jardin... Il est bien triste, M. le curé, à cause
de cette vente d'hier.

25   — Oui, je sais, je sais...

— Ça va le remonter un peu de te voir. Il est si content quand tu es là! Prends garde, Loulou va manger les
rosiers grimpants... Comme il a chaud, Loulou!

— J'ai fait le grand tour par les bois et j'ai marché vite.

30   Jean rattrapa Loulou, qui se dirigeait vers les rosiers
grimpants; il le débrida, le dessella, l'attacha sous le petit
hangar, et, en un tour de main, avec un gros paquet de

paille, le bouchonna. Après quoi, Jean entra dans la
maison, se débarrassa de son sabre, remplaça son képi par
un vieux chapeau de paille de cinq sous et s'en alla
retrouver le curé dans le jardin.

Il était fort triste, en effet, le pauvre abbé. Il n'avait pas
fermé l'œil de la nuit, lui qui, d'ordinaire, dormait si
facilement, si doucement, d'un bon sommeil d'enfant. Son
âme était déchirée. Longueval, aux mains d'une étran-
gère, d'une hérétique, d'une aventurière! Jean répétait
ce que Paul avait dit la veille :

— Vous aurez de l'argent, beaucoup d'argent pour vos
pauvres.

— De l'argent! de l'argent!... Oui, mes pauvres n'y
perdront rien, ils y gagneront peut-être... Mais, cet argent,
il faudra que j'aille le demander, et, dans le salon, au
lieu de ma vieille et chère amie, je trouverai cette Américaine aux cheveux rouges, — il paraît qu'elle a des
cheveux rouges! — J'irai certainement pour mes pauvres,
j'irai... Et elle m'en donnera, de l'argent, mais elle ne me
donnera que de l'argent. La marquise donnait autre chose.
Elle donnait de sa vie et de son cœur... Nous allions
ensemble, chaque semaine, visiter les pauvres et les
malades. Elle connaissait toutes les souffrances et toutes
les misères du pays. Et, quand j'étais cloué par la goutte
dans mon fauteuil, elle faisait la tournée toute seule, et
aussi bien, et mieux que moi.

Pauline vint interrompre cette conversation... Elle arrivait portant un immense saladier de faïence, où
s'épanouissaient, violentes et criardes, de grosses fleurs
rouges.

— Me voilà, dit Pauline, je viens cueillir la salade...
Jean, veux-tu de la romaine ou de la petite chicorée?

— De la petite chicorée, répondit Jean gaiement... Il y a longtemps que je n'en ai mangé, de la petite chicorée.

— Eh bien, tu en auras ce soir.... Tiens, prends le saladier...

Pauline se mit à couper sa petite chicorée et Jean se penchait pour recevoir les feuilles dans le grand saladier. Le curé les regardait faire.

En ce moment, un bruit de grelots se fit entendre. Une voiture approchait, qui sonnait un peu la ferraille... Le jardinet de l'abbé Constantin n'était séparé de la route que par une haie très basse, à hauteur d'appui, au milieu de laquelle se trouvait une petite porte à claire-voie.

Tous les trois regardèrent et virent venir une calèche de louage de forme primitive, attelée de deux gros chevaux blancs et conduite par un vieux cocher en blouse. A côté de ce vieux cocher, se tenait un grand domestique en livrée, de la plus sévère et de la plus parfaite correction. Dans la voiture deux jeunes femmes, portant toutes deux le même costume de voyage, très élégant, mais très simple.

Quand la voiture se trouva devant la haie du jardin, le cocher arrêta les chevaux et, s'adressant à l'abbé :

— Monsieur le curé, dit-il, c'est des dames qui vous demandent.

Puis, se tournant vers ses clientes :

— Le voilà, ajouta-t-il, M. le curé de Longueval.

L'abbé Constantin s'était approché et avait ouvert sa petite porte. Les voyageuses descendirent. Leurs regards s'arrêtèrent, non sans un peu d'étonnement, sur ce jeune officier qui se trouvait là, un peu empêtré, son chapeau de paille dans la main droite et dans la main gauche son grand saladier tout débordant de petite chicorée.

Les deux femmes entrèrent dans le jardin... et la plus
âgée, — elle paraissait avoir vingt-cinq ans, — s'adressant
à l'abbé Constantin, lui dit avec un petit accent étranger,
très original et très particulier :

— Je suis donc obligée, monsieur le curé, de me présenter moi-même?... Madame Scott. Je suis madame
Scott. C'est moi qui, hier, ai acheté le château... et la
ferme... et le reste. Je ne vous dérange pas, au moins, et
vous pouvez me donner cinq minutes?

Puis, désignant sa compagne de voyage :

— Miss Bettina Percival... ma sœur, vous l'avez
deviné, je pense ?... Nous nous ressemblons beaucoup
n'est-ce pas?... — Ah! Bettina... Nous avons oublié dans
la voiture nos deux petits sacs... et nous en aurons
besoin.

— Je vais les prendre.

Et, comme miss Percival se préparait à aller chercher
les deux petits sacs, Jean lui dit :

— Je vous en prie, mademoiselle, permettez-moi...

— Je suis vraiment bien fâchée, monsieur, de vous
donner cette peine... Le domestique vous les remettra...
Ils sont sur la banquette de devant.

Elle avait le même accent que sa sœur, les mêmes
grands yeux noirs, riants et gais, et les mêmes cheveux,
— non pas rouges, — mais blonds, avec des reflets dorés,
où délicatement se jouait la lumière du soleil. Elle salua
Jean avec un joli sourire, et celui-ci ayant remis à Pauline le saladier de chicorée, s'en alla chercher les deux
petits sacs.

Pendant ce temps, très ému, très troublé, l'abbé Constantin introduisait dans le presbytère la nouvelle châtelaine de Longueval.

III.

Ce n'était pas un palais, le presbytère de Longueval.
La même pièce, au rez-de-chaussée, servait de salon et
de salle à manger, communiquant directement avec la
cuisine par une porte toujours grande ouverte ; cette
pièce était garnie du mobilier le plus sommaire : deux
vieux fauteuils, six chaises de paille, un dressoir, une
table ronde. Déjà, sur cette table, Pauline avait mis les
deux couverts de l'abbé et de Jean.

Madame Scott et miss Percival allaient et venaient,
examinant avec une sorte de curiosité enfantine l'installation du curé.

— Mais le jardin, la maison, tout est charmant, disait
madame Scott.

Elles entrèrent toutes deux résolument dans la cuisine.
L'abbé Constantin les suivait, suffoqué, stupéfait, effaré
devant la brusquerie et la soudaineté de cette invasion
américaine. La vieille Pauline, d'un air inquiet et sombre,
regardait les deux étrangères.

— Les voilà donc, se disait-elle, ces hérétiques !

Et, de ses mains agitées, tremblantes, elle continuait
machinalement à éplucher sa chicorée.

— Je vous fais tous mes compliments, mademoiselle,
dit Bettina à la vieille Pauline, votre petite cuisine est si
bien tenue !... Regardez, Suzie, n'est-ce pas tout à fait le
presbytère que vous désiriez ?

— Et aussi le curé, continua madame Scott. Ah ! oui,
monsieur le curé, voulez-vous me laisser vous dire cela ?
Si vous saviez comme je suis heureuse que vous soyez tel

que vous êtes!... En chemin de fer, ce matin... — Bettina, qu'est-ce que je vous disais? et encore tout à l'heure,
en voiture?

— Ma sœur me disait, monsieur le curé, que ce qu'elle
désirait par-dessus tout, c'était un curé pas jeune, pas triste, 5
pas sévère, un curé à cheveux blancs, avec l'air bon et doux.

— Et vous êtes absolument ainsi, monsieur le curé,
absolument. Non, nous ne pouvions pas trouver mieux.
Excusez-moi, je vous en prie, de vous parler de la sorte.
Les Parisiennes savent très bien tourner leurs phrases, 10
d'une manière adroite et compliquée. Moi, je ne sais pas...
et j'aurais, en parlant français, beaucoup de peine à me
tirer d'affaire, si je ne disais les choses tout simplement,
tout bêtement, comme elles me viennent. Enfin, je suis
contente, très contente, et j'espère que vous aussi, mon- 15
sieur le curé, vous serez content, très content de vos nouvelles paroissiennes.

— Mes paroissiennes! dit le curé, retrouvant la parole,
le mouvement, la vie, toutes choses qui, depuis quelques
minutes, l'avaient complètement abandonné. Mes parois- 20
siennes! Pardonnez-moi, madame, mademoiselle... j'ai une
telle émotion! Vous seriez... vous êtes catholiques?

— Mais oui, nous sommes catholiques.

— Catholiques... catholiques? répéta le curé.

— Catholiques... catholiques! s'écria la vieille Pauline, 25
qui apparut épanouie, radieuse, les bras au ciel, sur le
seuil de sa cuisine.

Madame Scott regardait le curé, regardait Pauline, fort
étonnée d'avoir avec un seul mot produit un tel effet. Et,
pour compléter le tableau, Jean se montra, apportant les 30
deux petits sacs de voyage. Le curé et Pauline le saluèrent
de la même phrase :

— Catholiques! catholiques!

— Ah! je comprends, dit madame Scott en riant, c'est notre nom, notre pays! Vous avez cru que nous étions protestantes. Pas du tout; notre mère était une Canadienne d'origine française et catholique; voilà pourquoi, ma sœur et moi, nous parlons français, avec un peu d'accent, sans doute, et avec certaines formules américaines, mais enfin de manière à dire à peu près tout ce que nous voulons dire. C'est pour cela, monsieur l'abbé, que nous avons voulu, dès le premier jour, venir vous voir.

— Pour cela, continua Bettina... et pour autre chose... Mais, pour cette autre chose, nos petits sacs sont tout à fait nécessaires.

— Les voici, mademoiselle, répondit Jean.

— Celui-ci est le mien.

— Et voici le mien.

Pendant que les petits sacs passaient des mains de l'officier aux mains de madame Scott et de Bettina, le curé présentait Jean aux deux Américaines; mais il était encore dans un tel émoi que la présentation ne fut pas tout à fait dans les règles. Le curé n'oublia guère qu'une chose, et une chose fort essentielle dans une présentation : le nom de famille de Jean.

—C'est Jean, dit-il, mon filleul, lieutenant au régiment d'artillerie en garnison à Souvigny. Il est de la maison.

Jean fit deux grands saluts; les Américaines, deux petits; après quoi, elles se mirent à fourrager dans leurs sacs et en retirèrent chacune un rouleau de mille francs, gentiment enfermé dans des étuis verts en peau de serpent cerclés d'or.

— Je vous apportais ceci pour vos pauvres, monsieur le curé, dit madame Scott.

— Et moi ceci, dit Bettina.

Délicatement elles glissèrent leur offrande dans la main droite et dans la main gauche du vieux curé, et celui-ci, regardant alternativement sa main droite et sa main gauche, se disait :

— Qu'est-ce que c'est que ces deux petites choses-là? C'est bien lourd. Il doit y avoir de l'or là dedans... Oui, mais combien? combien?

Il avait soixante-douze ans, l'abbé Constantin, et beaucoup d'argent lui avait passé par les mains, pour n'y pas rester longtemps, il est vrai; mais cet argent lui était venu par petites sommes, et le soupçon d'une telle offrande ne pouvait lui entrer dans la tête. Deux mille francs! Jamais il n'avait eu deux mille francs en sa possession, ni même jamais mille.

Donc, ne sachant pas ce qu'on lui donnait, le curé ne savait comment remercier. Il balbutiait :

— Je vous suis bien reconnaissant, madame; vous êtes bien bonne, mademoiselle.

Enfin, il ne remerciait pas assez. Jean crut devoir intervenir.

— Mon parrain, ces dames viennent de vous donner deux mille francs.

Alors, saisi d'émotion et de reconnaissance, le curé s'écria :

—Deux mille francs! deux mille francs pour mes pauvres!

Pauline fit brusquement une nouvelle apparition.

— Deux mille francs! deux mille francs!

— Il paraît, dit le curé, il paraît... Tenez Pauline, serrez cet argent et faites attention...

Elle était bien des choses au logis, la vieille Pauline, servante, cuisinière, pharmacienne, trésorière. Ses mains

reçurent avec un tremblement respectueux ces deux
petits rouleaux d'or qui représentaient tant de misères
adoucies, tant de douleurs diminuées.

— Ce n'est pas tout, monsieur le curé, dit madame
Scott, je vous donnerai cinq cents francs tous les mois.

— Et je ferai comme ma sœur.

— Mille francs par mois! Mais alors il n'y aura plus de
pauvres dans le pays.

— C'est bien ce que nous désirons. Quand on a beaucoup d'argent, quand on a trop d'argent, dites, monsieur
l'abbé, pour se le faire pardonner, y a-t-il d'autre moyen
que de toujours avoir les mains grandes ouvertes et de
donner, de donner, de donner le plus possible et le mieux
possible? D'ailleurs, vous aussi, vous allez me donner
quelque chose

Et, s'adressant à Pauline :

— Vous seriez bien bonne, mademoiselle, de m'apporter
un verre d'eau fraîche. Non, pas autre chose... un verre
d'eau fraîche... je meurs de soif.

— Et moi, dit en riant Bettina, pendant que Pauline
courait chercher le verre d'eau, je meurs d'autre chose,
c'est de faim que je meurs... monsieur le curé... cela, je
le sais, est affreusement indiscret... Mais je vois que votre
couvert est mis... Est-ce que vous ne pourriez pas nous
inviter à dîner?

— Bettina! dit madame Scott.

— Laissez donc, Suzie, laissez donc... N'est-ce pas,
monsieur le curé, vous voulez bien?

Mais il ne trouvait rien à répondre, le vieux curé. Il
ne savait plus du tout, plus du tout où il en était. Elles
prenaient d'assaut son presbytère! Elles étaient catholiques! Elles lui apportaient deux mille francs! Elles lui

promettaient mille francs tous les mois! Et elles voulaient
dîner chez lui! Ah! cela, c'était le dernier coup! l'épou-
vante le prenait à la pensée d'avoir à faire les honneurs
de son gigot et de ses œufs au lait à ces deux Américaines
follement riches, qui devaient se nourrir de choses
extraordinaires, fantastiques, inusitées. Il murmurait :

— A dîner!... à dîner!... vous voudriez dîner ici?

Jean dut encore une fois intervenir.

— Mon parrain sera trop heureux, dit-il, si vous voulez
bien accepter; seulement, je vois ce qui l'inquiète... Nous
devions dîner ensemble, tous les deux, et il ne faut pas,
mesdames, vous attendre à un festin... Enfin vous serez
indulgentes.

— Oui, oui, très indulgentes, répondit Bettina.

Puis, s'adressant à sa sœur :

— Voyons, Suzie, ne faites pas la moue parce que j'ai
été un peu... vous savez bien que c'est mon habitude d'être
un peu... Restons, voulez-vous? Cela nous reposera de
passer une heure ici bien tranquillement. Nous avons eu
une telle journée en chemin de fer... en voiture... dans la
poussière... dans la chaleur!... Nous avons fait un si
affreux déjeuner ce matin dans un si affreux hôtel!... Nous
devions retourner dîner à sept heures, dans ce même
hôtel, pour reprendre, ensuite, le train de Paris. Mais
dîner ici sera réellement plus gentil. Vous ne dites plus
non... Ah! que vous êtes bonne, ma Suzie!

— Allons, dit Jean, vite, Pauline! deux couverts. Je
vais t'aider.

— Et moi aussi, s'écria Bettina, moi aussi, je vais vous
aider. Oh! je vous en prie, cela m'amusera tant! — Seulement, monsieur le curé, vous me permettrez de faire un
peu comme chez moi.

Lestement elle ôta son manteau d'abord, et Jean put
admirer, dans son exquise perfection, une taille merveil-
leuse de souplesse et de grâce.

Miss Percival ensuite enleva son chapeau, mais avec un
5 peu trop de hâte; car ce fut le signal d'une ravissante
débâcle. Toute une avalanche s'échappa et se répandit, par
torrents, en longues cascades, sur les épaules de Bettina;
elle se trouvait alors devant une fenêtre par où entraient à
flots les rayons du soleil... et cette lumière d'or, venant
10 frapper en plein sur cette chevelure d'or, mettait dans un
encadrement délicieux l'éclatante beauté de la jeune fille.
Confuse et rougissante, Bettina dut appeler sa sœur à son
secours et madame Scott eut beaucoup de peine à remettre
un peu d'ordre dans ce désordre.

15 Lorsque la catastrophe fut enfin réparée, rien ne put
empêcher Bettina de se précipiter sur les assiettes, les cou-
teaux et les fourchettes.

— Mais, monsieur, dit-elle à Jean, je sais très bien
mettre le couvert. Demandez à ma sœur... — Dites, Suzie,
20 quand j'étais petite, à New-York, est-ce que je ne mettais
pas très bien le couvert?

— Oui, très bien, répondit madame Scott.

Et elle aussi, tout en priant le curé d'excuser l'indiscrétion de Bettina, elle aussi ôta son chapeau et son manteau.

25 Quelques minutes après, madame Scott, miss Percival,
le curé et Jean prenaient place autour de la petite table du
presbytère; puis, très rapidement, grâce à la surprise et à
l'originalité de la rencontre, grâce surtout à la belle
humeur et à l'enjouement quelque peu audacieux de Bet-
30 tina, la conversation prenait le tour de la plus franche et
de la plus cordiale familiarité.

— Vous allez voir, monsieur le curé, dit Bettina, vous

allez voir si j'ai menti, si je ne mourais pas de faim. Je ne
me suis jamais mise à table avec tant de plaisir. Ce dîner
va si bien finir notre journée! Nous sommes tellement con-
tentes, ma sœur et moi, d'avoir ce château, ces fermes,
cette forêt!

— Et d'avoir tout cela, continua madame Scott, d'une
façon si extraordinaire, si imprévue. Nous nous y atten-
dions si peu!

— Sachez, monsieur l'abbé, que c'était hier la fête de
ma sœur... — Mais, d'abord, pardon... monsieur... monsieur Jean, n'est-ce pas?

— Oui, mademoiselle, monsieur Jean.

— Eh bien, monsieur Jean, encore un peu de cette
soupe excellente, je vous en prie.

L'abbé Constantin commençait à se remettre, à se
retrouver; mais il était, cependant, encore trop ému pour
accomplir correctement ses devoirs de maître de maison;
c'était Jean qui avait pris le gouvernement du modeste
dîner de son parrain. Il remplit donc jusqu'aux bords l'as-
siette de cette ravissante Américaine, qui fixait résolument
sur lui le regard de deux grands yeux, où étincelaient la
franchise, la hardiesse et la gaieté. Les yeux de Jean, d'ailleurs, payaient miss Percival de la même monnaie. Il n'y
avait pas trois quarts d'heure que, dans le jardin du curé,
la jeune Américaine et le jeune officier, pour la première
fois, s'étaient adressé la parole, et tous deux déjà se sentaient, vis-à-vis l'un de l'autre, parfaitement à l'aise, pleinement en confiance, presque en camaraderie.

— Je vous disais, monsieur le curé, reprit Bettina, que
c'était hier la fête de ma sœur, sa fête de naissance. Mon
beau-frère, il y a huit jours, avait été obligé de partir pour
l'Amérique; mais, en s'en allant, il avait dit à ma sœur :

« Je ne serai pas ici le jour de votre fête, vous aurez cependant de mes nouvelles. » Hier donc, il arriva des cadeaux et des bouquets un peu de partout ; mais de mon beau-frère, jusqu'à cinq heures, rien... rien. Nous allons faire toutes les deux un tour au Bois à cheval... et, à propos de cheval...

Elle s'arrêta et, se penchant un peu de côté, regarda curieusement les grandes bottes poudreuses de Jean, puis elle s'écria :

— Mais, monsieur, vous avez des éperons ?

— Oui, mademoiselle.

— Vous êtes dans la cavalerie ?

— Je suis dans l'artillerie, mademoiselle, et l'artillerie, c'est de la cavalerie.

— Et votre régiment est en garnison ?...

— Tout près d'ici.

— Mais alors vous monterez à cheval avec nous ?

— Avec le plus grand plaisir, mademoiselle.

— C'est dit. Voyons, où en étais-je ?

— Vous ne savez pas du tout, Bettina, où vous en êtes, et vous racontez à ces messieurs des choses qui ne peuvent les intéresser.

— Oh ! je vous demande pardon, madame, dit le curé. La vente de ce château, — il n'est question que de cela dans le pays en ce moment, — et le récit de mademoiselle nous intéresse beaucoup.

— Vous voyez, Suzie, mon récit intéresse beaucoup M. le curé... Donc je continue. Nous sortons à cheval, nous rentrons à sept heures, rien... Nous dînons et, au moment où nous sortions de table, arrive une dépêche d'Amérique, deux lignes seulement : « J'ai fait acheter pour vous aujourd'hui, et en votre nom, le château et le domaine de Longueval, près de Souvigny, sur la ligne du

Nord. » Alors nous avons été prises, toutes les deux, d'un rire fou, à la pensée...

— Non, non, Bettina, cela n'est pas exact. Vous nous calomniez toutes les deux. Nous avons été prises d'abord d'un bien sincère mouvement d'émotion et de reconnais- 5 sance. Nous aimons beaucoup la campagne, ma sœur et moi. Mon mari, qui est excellent, savait que nous désirions très vivement avoir une terre en France. Depuis six mois, il cherchait et ne trouvait rien. Enfin, et sans nous le dire, il avait découvert ce château, qui se vendait précisément le 10 jour de ma fête... C'était une attention très délicate.

— Oui, Suzie, vous avez raison; mais, après le petit accès d'émotion, il y a eu un grand accès de gaieté.

— Cela, je le reconnais... Quand nous avons fait cette réflexion que nous nous trouvions brusquement proprié- 15 taires d'un château, sans savoir où se trouvait ce château, comment il était fait..., cela ressemblait tellement à un conte de fées...

— Enfin, pendant cinq bonnes minutes, de tout notre cœur, nous avons ri... Puis nous nous sommes jetées sur 20 une carte de France, et nous avons réussi, non sans peine, à y déterrer Souvigny. Après l'atlas, ce fut le tour d'un indi- cateur des chemins de fer et ce matin par l'express, à dix heures, nous débarquions à Souvigny.

— Nous avons passé toute notre journée à visiter le châ- 25 teau, les écuries, les fermes. Nous n'avons pas tout vu, car c'est immense... mais nous sommes ravies de tout ce que nous avons vu. Seulement, monsieur le curé, il y a quelque chose qui m'intrigue. Après la vente, y a-t-il eu là quelqu'un pour me connaître, pour parler de moi?... Oui... oui. Votre 30 silence me répond... on a parlé de moi... Je vous prie, en grâce, de me répéter ce qui a été dit de moi.

— Mais, madame, répondit le pauvre curé, qui était sur des charbons ardents, on a parlé de votre grande fortune...

— Très bien ; mais ce n'est pas tout, on a dû vous dire autre chose.

— Mais non, je n'ai rien entendu...

— Oh ! monsieur le curé, vous faites là ce que vous appelez un mensonge pieux... et je vous rends très malheureux ; car vous devez être la sincérité même. Mais, si je vous tourmente ainsi, c'est que j'ai grand intérêt à savoir ce qui s'est dit, ce que... Je voudrais avoir avec vous, à l'instant même, une explication bien nette, bien franche. Je ne sais pas... mais il me semble que j'ai eu la main heureuse aujourd'hui... il me semble, — c'est peut-être un peu tôt pour dire ce mot-là, — mais il me semble que vous êtes déjà tous les deux un peu mes amis... et que vous le serez un jour tout à fait. Eh bien, dites, s'il court sur mon compte des histoires absurdes et fausses, n'ai-je pas raison de penser que vous m'aiderez à les démentir ?

— Oui, madame, répondit Jean avec une extrême vivacité, vous avez raison de le penser.

— Eh bien, c'est à vous, monsieur, que je m'adresse. Vous êtes soldat... et c'est votre métier d'avoir du courage... Promettez-moi d'être brave... Me le promettez-vous ?

— Qu'entendez-vous, madame, par être brave ?

— Promettez... promettez sans explications, sans conditions.

— Eh bien, je le promets.

— Vous allez donc répondre franchement, par oui et par non, aux questions que je vais vous adresser...

— Je répondrai.

— Vous a-t-on dit que j'avais mendié dans les rues de
New-York?

— Oui, on me l'a dit.

— Et que j'avais été écuyère dans un cirque ambulant?

— On me l'a dit, madame.

— A la bonne heure!... Voilà qui est parler. Eh bien,
remarquez d'abord que, dans tout cela, il n'y aurait rien,
rien du tout d'inavouable... Mais, si cela n'est pas vrai,
n'ai-je pas le droit de dire que cela n'est pas vrai? Et cela
n'est pas vrai. — Mon histoire... en peu de mots, je vais
vous la raconter; et, si je vous la raconte ainsi, dès le premier jour, c'est pour que vous ayez la bonté de la redire à
tous ceux qui vous parleront de moi.

Je vais passer une partie de ma vie dans ce pays, je désire
qu'on sache d'où je viens et ce que je suis. Je commence
donc.

Pauvre, oui, je l'ai été, et très pauvre. Il y a de cela huit
ans... Mon père venait de mourir, suivant d'assez près notre
mère. J'avais, moi, dix-huit ans, et Bettina onze. Nous
restions seules dans le monde avec de grosses dettes et un
gros procès. La dernière parole de mon père avait été :
« Suzie, pour le procès, ne transigez jamais, jamais,
jamais!... Des millions, mes enfants, vous aurez des millions! » Il nous embrassa toutes les deux, Bettina et moi...
Le délire le prit et il mourut en répétant : « Des millions! »
Un homme d'affaires se présenta, le lendemain, qui m'offrit
de payer toutes les dettes et de me donner, en outre, dix
mille dollars, si je lui abandonnais tous mes droits dans le
procès. Il s'agissait de la possession d'une grande étendue
de terres dans le Colorado... Je refusai. C'est alors que,
pendant quelques mois, nous avons été très pauvres.

— Et c'est alors, dit Bettina, que je mettais le couvert.

— Je passais ma vie chez les solicitors de New-York...
mais personne ne voulait se charger de mes intérêts.
C'était partout la même réponse : « Votre cause est très
douteuse, vous avez des adversaires riches et redoutables,
5 il faut de l'argent, beaucoup d'argent pour aller au bout de
votre procès... et vous n'avez plus rien... On vous offre,
vos dettes payées, dix mille dollars, acceptez, vendez votre
procès. » Mais, moi, j'avais toujours dans l'oreille les derniers mots de mon père, et je ne voulais pas... La misère,
10 cependant, allait bien m'y contraindre, quand, un jour, je
tentai une démarche près d'un des amis de mon père, un
banquier de New-York, M. William Scott.

Il n'était pas seul ; un jeune homme était assis dans son
cabinet, près de son bureau. « Vous pouvez parler, me dit-il,
15 c'est mon fils Richard Scott. » Je regarde ce jeune homme,
il me regarde, et nous nous reconnaissons... « Suzie ! —
Richard ! » Il me tend la main. Il avait vingt-trois ans, et
moi dix-huit, je vous l'ai dit. Bien souvent, autrefois,
enfants tous les deux, nous avions joué ensemble. Nous
20 étions alors grands amis. Puis, sept ou huit ans auparavant, il était parti pour achever son éducation en France
et en Angleterre. Son père me fait asseoir et me demande
ce qui m'amène... Je le lui dis... Il m'écoute et me
répond : « Vous auriez besoin de vingt à trente mille dol-
25 lars. Personne ne vous prêtera une telle somme sur les
chances incertaines d'un procès très compliqué. Ce serait
de la folie. Si vous êtes malheureuse, si vous avez besoin
d'un secours... — Ce n'est pas cela, mon père, dit très
vivement Richard, ce n'est pas cela que miss Percival
30 demande. — Je le sais bien, mais ce qu'elle me demande
est impossible... » Il se leva pour me reconduire... Alors,
j'eus un accès de faiblesse, le premier depuis la mort de

mon père; j'avais été, jusque-là, assez forte, mais je sentais
mon courage épuisé. J'eus une crise de nerfs et de larmes.

Je me remis enfin, et je partis. Une heure après, Richard
Scott était chez moi. « Suzie, me dit-il, promettez-moi d'accepter ce que je vais vous offrir; promettez-le-moi. » Je le
lui promis... « Eh bien, dit-il, à cette seule condition que
mon père n'en sache rien, je mets à votre disposition la
somme qui vous est nécessaire. — Mais encore faut-il que
vous connaissiez mon procès, que vous sachiez ce qu'il est,
ce qu'il vaut? — Je ne sais pas le premier mot de votre
procès... et n'en veux rien connaître. Où serait le mérite
de vous obliger, si j'avais la certitude de rentrer dans mon
argent? D'ailleurs, vous avez promis d'accepter. C'est fait.
Il n'y a pas à y revenir. » Cela m'était offert avec une
telle simplicité, avec une telle ouverture de cœur, que
j'acceptai.

Trois mois après, le procès était gagné; ces terrains,
devenus, sans contestation possible, notre propriété à tous
deux, on voulait nous les acheter cinq millions. J'allai consulter Richard. « Refusez et attendez, me dit-il, si l'on vous
propose une pareille somme, c'est que les terrains valent
le double. — Cependant, il faut bien que je vous rende
votre argent, je vous dois beaucoup, beaucoup d'argent. —
Oh! pour cela, plus tard, rien ne presse; je suis bien
tranquille maintenant! Ma créance ne court plus aucun
danger. — Mais je voudrais vous payer tout de suite; j'ai les
dettes en horreur!... Il y aurait un moyen peut-être sans
vendre les terrains. Richard, voulez-vous être mon mari? »

Oui, monsieur le curé; oui, monsieur, dit madame Scott
en riant, c'est moi qui me suis ainsi jetée à la tête de
mon mari. C'est moi qui lui ai demandé sa main. Cela,
vous pouvez le dire à tout le monde, et vous ne direz que

la vérité. J'étais, d'ailleurs, bien obligée d'agir de la sorte.
Jamais, oh! je suis aussi sûre de cela que de ma vie, jamais
il n'aurait parlé... J'étais devenue trop riche... Et, comme
c'était moi qu'il aimait et pas mon argent, mon argent lui
faisait une peur affreuse. Voilà l'histoire de mon mariage.

Quant à l'histoire de notre fortune, elle peut se dire
en quelques mots. Il y avait, en effet, des millions dans
ces terrains du Colorado; on y découvrit de très abon-
dantes mines d'argent, et de ces mines nous tirons tous
les ans des revenus déraisonnables. Mais nous sommes
d'accord, mon mari, ma sœur et moi, pour faire, sur ces
revenus, très large la part des pauvres. Vous vous en
apercevrez, monsieur le curé... c'est parce que nous avons
connu des jours très cruels, c'est parce que Bettina se
souvient d'avoir mis le couvert dans notre petit cinquième
étage de New-York, c'est pour cela que vous nous trou-
verez toujours secourables à ceux qui sont, comme nous
l'avons été nous-mêmes, en présence des difficultés et des
douleurs de la vie... Et maintenant, monsieur Jean, voulez-
vous me pardonner ce long discours et m'offrir un peu de
cette crème qui paraît excellente?

Cette crème, c'étaient les œufs au lait de Pauline... et,
pendant que Jean s'empressait de servir madame Scott :

— Je n'ai pas encore tout dit, continua-t-elle. Il faut
que vous sachiez ce qui a donné naissance à ces histoires
extravagantes. Quand nous sommes venus nous installer à
Paris, il y a un an, nous avons cru devoir, dès notre arrivée,
donner pour les pauvres une certaine somme. Qui a parlé
de cela? Pas nous, bien certainement; mais la chose fut
racontée dans un journal, avec le chiffre. Aussitôt deux
jeunes reporters accoururent pour faire subir à M. Scott
un petit interrogatoire sur son passé. Ils voulaient écrire

sur nous dans les journaux des... comment appelez-vous
cela? des chroniques. M. Scott est quelquefois un peu vif.
Il le fut ce jour-là et congédia ces messieurs très brusquement, sans leur rien dire. Alors, ne sachant pas notre histoire véritable, ils en inventèrent une avec beaucoup d'imagination. Le premier raconta que j'avais mendié dans la
neige à New-York... et le second, le lendemain, pour publier
un article encore plus à sensation, le second me fit crever
des cerceaux de papier dans un cirque de Philadelphie.

Cependant, depuis cinq minutes, Pauline adressait au
curé des signes désespérés que celui-ci s'obstinait à ne pas
comprendre, si bien que la pauvre fille, à la fin, rassem-
blant tout son courage :

— Monsieur le curé, il est sept heures un quart.

— Sept heures un quart! Oh! mesdames, je vous prie
de m'excuser, mais j'ai ce soir mon office du mois de
Marie.

— Le mois de Marie... et l'office, c'est tout de suite?

— Oui, tout de suite.

— Et notre train pour Paris ce soir, à quelle heure
exactement?

— A neuf heures et demie, répondit Jean, et il ne vous
faut en voiture que quinze à vingt minutes pour arriver
à la gare.

— Mais alors, Suzie, nous pouvons aller à l'église.

— Allons à l'église, répondit madame Scott; mais, avant
de nous séparer, monsieur le curé, j'ai une grâce à vous
demander. Je veux absolument vous avoir, la première fois
que je dînerai chez moi à Longueval, et vous aussi, monsieur... seuls, tous les quatre, comme aujourd'hui. Oh! ne
refusez pas, l'invitation est faite de si bon cœur.

— Et acceptée du même cœur, madame, répondit Jean.

— Je vous écrirai pour vous dire le jour. Je viendrai le plus tôt possible... Vous appelez cela, n'est-ce pas, pendre la crémaillère? Eh bien, nous pendrons la crémaillère à nous quatre.

Pendant ce temps, Pauline avait entraîné miss Percival dans un coin de la salle, et, là, avec beaucoup d'animation, lui parlait. Leur conversation prit fin sur ces paroles :

— Vous serez là? disait Bettina.

— Oui, je serai là.

— Et vous me direz bien à quel moment.

— Je vous le dirai, mais prenez garde... voici monsieur le curé, il ne faut pas qu'il se doute.

Les deux sœurs, le curé et Jean sortirent de la maison. De là, pour aller à l'église, il fallait traverser le cimetière. La soirée était délicieuse. Lentement, silencieusement, tous les quatre, sous les rayons du soleil couchant, marchaient dans une allée.

Sur leur chemin se trouva le monument du docteur Reynaud, très simple, mais qui cependant, par ses proportions, se distinguait des autres tombes. Madame Scott et Bettina s'arrêtèrent, frappées par cette inscription gravée sur pierre :

Ici repose le docteur Marcel Reynaud, chirurgien-major des mobilisés de Souvigny, tué, le 8 janvier 1871, à la bataille de Villersexel. Priez pour lui.

Quand elles eurent fini de lire, le curé, en leur montrant Jean, dit ces simples mots :

— C'était son père!

Les deux femmes alors s'approchèrent de la tombe, et, la tête inclinée, restèrent là pendant quelques instants, pensives, émues, recueillies; puis, se retournant toutes

deux, en même temps, du même mouvement, elles ten-
dirent la main au jeune officier et reprirent leur marche
vers l'église. Le père de Jean avait eu, à Longueval, leur
première prière.

Le curé s'en alla revêtir son surplis et son étole. Jean
conduisit madame Scott au banc réservé depuis deux
siècles aux maîtres de Longueval. Pauline avait pris les
devants. Elle attendait miss Percival dans l'ombre, derrière
un pilier de l'église. Par un escalier étroit et raide, elle fit
monter Bettina dans la tribune et l'installa devant l'harmonium.

Précédé de deux enfants de chœur, le vieux curé sortit
de la sacristie, et, au moment où il s'agenouillait sur les
marches de l'autel :

— C'est le moment, mademoiselle, dit Pauline, dont le
cœur battait d'impatience. Pauvre cher homme, va-t-il être
content!

Lorsqu'il entendit le chant de l'orgue s'élever doucement comme un murmure et se répandre dans la petite
église, l'abbé Constantin fut pris d'une telle émotion, d'une
telle joie, que les larmes lui vinrent aux yeux. Il ne se
souvenait pas d'avoir pleuré, depuis le jour où Jean lui
avait dit qu'il voulait partager tout ce qu'il possédait avec
la mère et avec la sœur de ceux qui étaient tombés à côté
de son père.

IV.

Le lendemain, à cinq heures et demie, on sonnait le
boute-selle dans la cour du quartier. Jean montait à cheval
et prenait le commandement de sa section. On exécute,

presque tous les jours, au polygone, des manœuvres de
batteries attelées.

Jean aimait son métier; il avait coutume de surveiller
avec beaucoup de soin l'attelage et le harnachement des
5 chevaux, l'équipement et l'allure de ses hommes; mais il
ne donna, ce matin-là, que peu d'attention à tous les petits
détails du service.

A la grande surprise du capitaine, qui tenait son lieutenant en premier pour un officier très capable et très
10 habile, les choses allèrent tout de travers. Le capitaine dut
intervenir; il adressa à Jean une petite réprimande qui se
termina par ces mots :

— Je n'y comprends rien. Qu'est-ce que vous avez ce
matin? C'est la première fois que cela vous arrive.

15 C'est que c'était aussi la première fois que Jean, dans le
polygone de Souvigny, voyait autre chose que des canons
et des caissons, autre chose que des servants et des con-
ducteurs. Dans les flots de poussière soulevés par les roues
des voitures et les pieds des chevaux, Jean apercevait
20 l'élégante et fine silhouette de Bettina.

Elle lui apparaissait, souriante et rougissante, dans les
flots ensoleillés de ses cheveux épars. *Monsieur Jean...*
elle l'avait appelé *monsieur Jean...* et jamais son petit
nom ne lui avait paru si joli. Et les dernières poignées de
25 main, au départ, avant de monter en voiture!...

Le monde, Jean l'avait à peine entrevu. Il s'était laissé
conduire, une dizaine de fois peut-être, par Paul, à des
soirées, à des bals, dans les châteaux des environs. Il en
avait rapporté une impression de gêne, de malaise et
30 d'ennui. Il en avait conclu que ces plaisirs-là n'étaient pas
faits pour lui. Il avait des goûts sérieux et simples. Il aimait
la solitude, le travail, les longues promenades, les grands

espaces, les chevaux et les livres. Il était un peu sauvage,
un peu paysan. Il adorait son village et tous les vieux
témoins de son enfance qui lui parlaient d'autrefois. Un
quadrille dans un salon lui causait une peur insurmon-
table ; mais, tous les ans, à la fête patronale de Longueval, 5
il dansait de bon cœur avec les fillettes et les fermières du
pays.

S'il avait vu madame Scott et miss Percival chez elles,
à Paris, dans toutes les splendeurs de leur luxe, dans tout
l'éclat de leur élégance, il les aurait regardées, de loin, 10
avec curiosité, comme de ravissants objets d'art. Puis il
serait rentré chez lui et aurait, sans nul doute, dormi
comme à l'ordinaire, le plus paisiblement du monde.

Oui, mais ce n'était pas ainsi que les choses s'étaient
passées, et de là son étonnement, de là son trouble. Ces 15
deux femmes, par le plus grand des hasards, s'étaient mon-
trées à lui dans un milieu qui lui était familier et qui leur
avait été, par cela même, singulièrement favorable. Simples, bonnes, franches, cordiales, voilà ce qu'elles avaient
été dès le premier jour. Et, par-dessus le marché, délicieu- 20
sement jolies, ce qui ne gâte jamais rien. Jean s'était senti
tout de suite sous le charme. Il y était encore.

Au moment où il descendait de cheval, à neuf heures,
dans la cour du quartier, l'abbé Constantin entrait joyeusement en campagne. La tête du vieux prêtre, depuis la 25
veille, était en feu. Jean n'avait pas beaucoup dormi, et
lui, le pauvre curé, n'avait pas dormi du tout.

De grand matin, il s'était levé, et, toutes portes closes,
seul avec Pauline, il avait compté et recompté son argent,
étalant sur la table ses cent louis, et, comme un avare, 30
prenant plaisir à les manier. A lui tout cela ! à lui ! c'est-
à-dire aux pauvres.

— N'allez pas trop vite, monsieur le curé, disait Pauline ;
soyez économe. Je crois qu'en distribuant aujourd'hui une
centaine de francs...

— Ce n'est pas assez, Pauline, ce n'est pas assez. Je
n'aurai eu qu'une journée comme celle-là dans ma vie,
mais je l'aurai eue ! Savez-vous combien je vais donner,
Pauline ?

— Combien, monsieur le curé ?

— Mille francs !

— Mille francs !!!

— Oui, nous sommes millionnaires maintenant, et je
ferais des économies ? Pas aujourd'hui en tout cas ! Je n'en
ai pas le droit.

Sa messe dite, à neuf heures, il partit et ce fut une pluie
d'or sur sa route. Ils eurent tous leur part, et les pauvres
avouant leur misère, et ceux qui la cachaient. Chaque
aumône était accompagnée du même petit discours :

— Cela vient des nouveaux maîtres de Longueval, deux
Américaines... Madame Scott et miss Percival. Retenez
bien leurs noms et priez pour elles ce soir.

Puis il se sauvait, sans attendre les remerciements ; à
travers les champs, à travers les bois, de hameau en
hameau, de chaumière en chaumière, il allait, il allait, il
allait... Une sorte de griserie lui montait au cerveau. Partout sur son passage, c'étaient des cris de joie et d'étonnement. Tous ces louis d'or tombaient, comme par miracle,
dans ces pauvres mains habituées à recevoir de petites
pièces de monnaie blanche. Le curé fit même des folies,
de vraies folies ; il était lancé, il ne se connaissait plus. Il
donnait à ceux-là mêmes qui ne demandaient pas.

Il rencontra Claude Rigal, un ancien sergent qui avait
laissé un de ses bras à Sébastopol, déjà tout grisonnant,

tout blanchissant; car le temps passe et les soldats de
Crimée bientôt seront des vieillards.

— Tenez, dit le curé, voilà vingt francs.

— Vingt francs! mais je ne demande rien, je n'ai besoin
de rien. J'ai ma pension.

Sa pension!... sept cents francs!

— Eh bien, répondit le curé, ce sera pour vous acheter
des cigares; mais écoutez bien, cela vient d'Amérique...

Il recommençait sa petite tirade sur les nouveaux maîtres
de Longueval.

Il entra chez une brave femme, dont le fils, le mois
précédent, était parti pour la Tunisie.

— Eh bien, votre fils, comment va-t-il?

— Pas mal, monsieur le curé, j'ai reçu hier une lettre.
Il se porte bien, il ne se plaint pas; seulement il dit qu'il
n'y a pas de Kroumirs. Pauvre garçon! J'ai fait des petites
économies depuis un mois, et je crois que je pourrai
bientôt lui envoyer dix francs.

— Vous lui en enverrez trente... Prenez...

— Vingt francs, monsieur le curé! vous me donnez
vingt francs!

— Oui, je vous les donne...

— Pour mon garçon?

— Pour votre garçon... Seulement, écoutez bien, il faut
que vous sachiez d'où ça vient; vous aurez bien soin de le
dire à votre fils, quand vous lui écrirez.

Le curé, pour la vingtième fois, répéta son petit panégyrique de madame Scott et de miss Percival. A six heures,
il rentra chez lui, épuisé de fatigue, mais la joie dans
l'âme.

— J'ai tout donné! s'écria-t-il dès qu'il aperçut Pauline,
tout donné! tout donné!

Il dîna et s'en alla, le soir, dire son office du mois de
Marie ; mais, au moment où il monta à l'autel, l'harmonium
resta muet. Miss Percival n'était plus là.

La petite organiste de la veille était, en ce même moment,
fort perplexe. Sur les deux divans de son cabinet de toilette, deux robes s'étalaient à grands flots, une robe blanche
et une robe bleue. Bettina se demandait laquelle de ces
deux robes elle allait mettre, pour aller le soir à l'Opéra.
Elle les trouvait délicieuses toutes les deux, mais il fallait bien choisir. Elle ne pouvait en mettre qu'une. Après
de longues hésitations, elle se décida pour la robe blanche.

A neuf heures et demie, les deux sœurs montaient le
grand escalier de l'Opéra. Quand elles entrèrent dans leur
loge, le rideau se levait sur le second tableau du deuxième
acte d'*Aïda*, l'acte du ballet et de la marche.

Deux jeunes gens, Roger de Puymartin et Louis de
Martillet, se trouvaient assis au premier rang d'une bai-
gnoire de rez-de-chaussée. Les demoiselles du corps de
ballet n'étaient pas encore en scène, et ces messieurs,
désœuvrés, s'amusaient à regarder la salle. L'apparition de
miss Percival fit sur tous deux une très vive impression.

— Ah ! ah ! dit Puymartin, le voilà, le petit lingot d'or !
Tous deux braquèrent leurs lorgnettes sur Bettina.

— Il est éblouissant, ce soir, le petit lingot d'or, continua Martillet.

— Oui, elle est ravissante... et à son aise par-dessus le
marché.

— Quinze millions, il paraît, quinze millions à elle, bien
à elle et la mine d'argent marche toujours !

— Bérulle m'a dit vingt-cinq millions... et il est très au
courant des choses d'Amérique, Bérulle.

— Vingt-cinq millions ! Un joli banco pour Romanelli !

— Comment, Romanelli?

— Le bruit court qu'il l'épouse, que le mariage est décidé.

Ils cessèrent de causer. Le ballet dans *Aïda* ne dure que cinq minutes et ils ne venaient tous les deux que pour ces cinq minutes-là. Il importait d'en jouir respectueusement, religieusement.

Les trompettes héroïques d'*Aïda* avaient jeté leur dernière fanfare en l'honneur de Radamès. Devant les grands sphinx, sous le vert feuillage des palmiers, les danseuses s'avançaient étincelantes et prenaient possession de la scène.

Madame Scott, avec beaucoup d'attention et de plaisir, suivait les évolutions du ballet; mais Bettina brusquement était devenue songeuse, en apercevant dans une loge, de l'autre côté de la salle, un grand jeune homme brun. Miss Percival se parlait à elle-même et se disait .

— Que faire? que décider? Faut-il l'épouser, ce grand garçon qui est là en face et qui me lorgne?... car c'est moi qu'il regarde... Il va venir tout à l'heure pendant l'entr'acte, et, quand il entrera, je n'aurai qu'à lui dire : « C'est fait! voici ma main... Je serai votre femme. » Et ce serait fait! Princesse, je serais princesse! princesse Romanelli! princesse Bettina! Bettina Romanelli! Cela s'arrange bien, cela sonne très gentiment à l'oreille : « Madame la princesse est servie... — Madame la princesse montera-t-elle à cheval demain matin?... » Cela m'amuserait-il d'être princesse?... Oui et non... Parmi tous ces jeunes gens qui, depuis un an, à Paris, courent après mon argent, ce prince Romanelli, c'est encore ce qu'il y a de mieux... Il faudra bien que je me décide, un de ces jours, à me marier... Je crois qu'il m'aime... Oui, mais moi, est-ce que je l'aime? Non, je ne crois pas...

A l'heure précise où ces réflexions passaient par la jolie
tête de Bettina, Jean, seul dans son cabinet de travail,
assis devant son bureau avec un gros livre sous l'abat-jour
de sa lampe, repassait, en prenant des notes, l'histoire des
campagnes de Turenne. Il était chargé de faire un cours
aux sous-officiers du régiment, et, prudemment, il préparait sa leçon du lendemain.

Mais voilà que, tout à coup, au milieu de ses notes :
Nordlingen, 1642; les Dunes, 1658; Mulhausen et Turck-
heim, 1674-1675, voilà qu'il aperçut un croquis... Jean
ne dessinait pas trop mal. Un portrait de femme était venu
se placer de lui-même sous sa plume. Qu'est-ce qu'elle
venait faire là, au milieu des victoires de Turenne, cette
petite bonne femme?... Et Jean, péniblement, laborieuse-
ment, revenait à l'histoire des campagnes de Turenne.

Au même moment encore, l'abbé Constantin, à genoux
devant sa petite couchette de noyer, de toutes les forces de
son âme, appelait les grâces du Ciel sur les deux femmes
qui lui avaient fait passer une si douce et une si heureuse
journée. Il priait Dieu de bénir madame Scott dans ses
enfants et de donner à miss Percival un mari selon son cœur.

V.

Paris autrefois appartenait aux Parisiens, et cet autrefois n'est pas très loin de nous; trente ou quarante ans à
peine. Les Français, à cette époque, étaient maîtres de
Paris, comme les Anglais sont maîtres de Londres, les
Espagnols de Madrid et les Russes de Saint-Pétersbourg.
Ces temps ne sont plus. Il y a encore des frontières pour
les autres pays, il n'y en a plus pour la France. Paris est

devenu une immense tour de Babel, une ville internatio-
nale et universelle. Les étrangers ne viennent pas seulement visiter Paris; ils viennent y vivre.

Nous avons à présent, à Paris, une colonie russe, une
colonie espagnole, une colonie levantine, une colonie
américaine; ces colonies ont leurs églises, leurs banquiers,
leurs médecins, leurs journaux, leurs pasteurs, leurs
popes et leurs dentistes. Les étrangers ont déjà conquis
sur nous la plus grande partie des Champs-Élysées et du
boulevard Malesherbes; ils avancent, ils s'étendent; nous
reculons, refoulés par l'invasion; nous sommes obligés de
nous expatrier. Nous allons fonder des colonies parisiennes
dans la plaine de Passy, dans la plaine de Monceau, dans
des quartiers qui autrefois n'étaient pas du tout Paris et
qui ne le sont pas encore tout à fait aujourd'hui.

Parmi ces colonies étrangères, la plus nombreuse, la
plus riche, la plus brillante, c'est la colonie américaine. Il
y a un moment où un Américain se sent assez riche; un
Français, jamais. L'Américain alors s'arrête, respire un
peu et, tout en ménageant le capital, ne compte plus avec les
revenus, il sait dépenser; le Français ne sait qu'épargner.

Suzie Percival avait reçu de sa mère une éducation
toute française, et elle avait élevé sa sœur dans le même
amour de notre pays. Les deux sœurs se sentaient Fran-
çaises, mieux que cela, Parisiennes.

Aussitôt que cette avalanche de millions se fut abattue
sur elles, un même désir les posséda : venir vivre à Paris.
Elles demandèrent la France comme on demande la patrie.

M. Scott se laissa fléchir; et Suzie, dans les premiers
jours de janvier 1880, put écrire la lettre suivante à son
amie, Katie Norton, qui, depuis quelques années déjà,
habitait Paris :

« Victoire ! c'est décidé ! Richard a consenti. J'arrive
au mois d'avril et je redeviens Française. Vous m'avez
offert de vous charger de tous les préparatifs de notre
installation à Paris. Je suis horriblement indiscrète...
5 J'accepte.

« Je voudrais, dès que je mettrai le pied à Paris, pouvoir jouir de Paris, ne pas perdre mon premier mois en
courses chez les tapissiers, chez les carrossiers, chez les
marchands de chevaux. Je voudrais, en descendant du
10 chemin de fer, trouver dans la cour de la gare *ma* voiture,
mon cocher, *mes* chevaux. Je voudrais vous avoir, ce
jour-là, à dîner avec moi *chez moi*. Louez ou achetez un
hôtel, engagez des domestiques, choisissez les voitures,
les chevaux, les livrées. Je m'en rapporterai absolument à
15 vous. Que les livrées soient bleues, voilà tout. Cette ligne
est ajoutée à la demande de Bettina, qui, par-dessus mon
épaule, regarde ce que je vous écris.

« Nous n'amenons en France avec nous que sept personnes : Richard, son valet de chambre ; Bettina et moi,
20 nos femmes de chambre ; les deux gouvernantes des
enfants ; plus deux *boys*, Toby et Boby, qui nous suivent
à cheval. Ils montent dans une rare perfection... Deux vrais
petits amours : même taille, même tournure, presque
même figure ; nous ne trouverions jamais à Paris de grooms
25 mieux appareillés.

« Tout le reste, choses et gens, nous le laissons à New-
York... Non, pas tout le reste, j'oubliais quatre petits
poneys, quatre bijoux, noirs comme de l'encre a ec 'os
balzanes blanches, tous les quatre, aux quatre jambes ;
30 nous n'aurons pas le cœur de nous en séparer. Nous les
attelons sur un duc, c'est charmant ! Nous menons très
bien à quatre, Bettina et moi. Des femmes peuvent, n'est-

ce pas, sans trop de scandale, mener à quatre, au Bois, le matin, de bonne heure? Ici, cela se peut.

« Surtout, ma chère Katie, ne comptez pas avec l'argent... Voilà tout ce que je vous demande. »

Le jour même où madame Norton recevait cette lettre, la nouvelle éclatait de la débâcle d'un certain Garneville, gros spéculateur, qui n'avait pas eu de flair; il avait *senti de la baisse* quand il aurait fallu *sentir de la hausse*. Ce Garneville, six semaines auparavant, s'était installé dans un hôtel tout battant neuf et qui n'avait d'autre défaut qu'une trop violente magnificence.

Madame Norton signa un acte de location, — cent mille francs par an, — avec faculté d'acheter l'hôtel et le mobilier pour deux millions dans la première année du bail. Un tapissier de grand style se chargea de corriger, d'adoucir le luxe démesuré d'un ameublement criard et tapageur.

Cela fait, l'amie de madame Scott eut le bonheur de mettre, du premier coup, la main sur deux de ces artistes éminents sans lesquels une grande maison ne pourrait se fonder et ne saurait fonctionner.

D'abord, un chef de premier ordre, qui venait d'abandonner un vieil hôtel du faubourg Saint-Germain, à son grand regret, car il avait des sentiments aristocratiques. Il lui en coûtait un peu d'aller servir chez des bourgeois, chez des étrangers.

— Jamais, dit-il à madame Norton, je n'aurais quitté le service de madame la baronne, si elle avait soutenu son train sur le même pied... mais madame la baronne a quatre enfants... deux fils qui ont fait des bêtises... et deux filles qui seront bientôt en âge d'être mariées. Il faudra les doter. Enfin madame la baronne est obligée de

se resserrer un peu et la maison n'est plus assez impor-
tante pour moi.

Ce praticien distingué fit ses conditions; bien qu'exces-
sives, elles n'effrayèrent pas madame Norton, qui savait
5 avoir affaire à un homme du plus sérieux mérite; mais
lui, avant de se décider, demanda la permission de télé-
graphier à New-York. Il avait besoin de prendre des renseignements. La réponse fut favorable. Il accepta.

Le second grand artiste était un piqueur d'une très rare
10 et très haute capacité, qui venait de se retirer après fortune faite. Il consentit cependant à organiser les écuries
de madame Scott. Il fut bien entendu qu'il aurait toute
liberté dans les acquisitions de chevaux, qu'il ne porterait
pas la livrée, qu'il choisirait les cochers, les grooms et les
15 palefreniers, qu'il n'y aurait jamais moins de quinze chevaux à l'écurie, qu'aucun marché ne se ferait avec le car-
rossier et avec le sellier sans son intervention et qu'il ne
monterait sur le siège que le matin, en *costume de ville*,
pour donner des leçons de guide à ces dames et aux
20 enfants, s'il était nécessaire.

Le chef prit possession de ses fourneaux et le piqueur
de ses écuries. Tout le reste n'était qu'une question d'argent, et madame Norton à cet égard usa largement de ses
pleins pouvoirs. Elle se conforma aux instructions qu'elle
25 avait reçues. Elle fit, dans ce court espace de deux mois,
de véritables prodiges, pour que l'installation des Scott
fût absolument complète et absolument irréprochable.

Et voilà comment, lorsque le 15 avril 1880, M. Scott,
Suzie et Bettina descendirent du *rapide* du Havre, à
30 quatre heures et demie, sur le quai de la gare Saint-
Lazare, ils trouvèrent madame Norton, qui leur dit :

— Votre calèche est là, dans la cour. Il y a derrière la

calèche, un landau pour les enfants et, derrière le landau, un omnibus pour les domestiques. Les trois voitures à votre chiffre, conduites par vos cochers et attelées de vos chevaux. Vous demeurez : 24, rue Murillo, et voici le menu de votre dîner de ce soir. Vous m'avez invitée, il y a deux mois, j'accepte et je prendrai même la liberté de vous amener une quinzaine de personnes. Je fournis tout, même les invités... Rassurez-vous, vous les connaissez tous, ce sont de nos amis communs... et dès ce soir, nous pourrons juger des mérites de votre cuisinier.

Madame Norton remit à madame Scott une jolie petite carte entourée d'un fil d'or, qui portait ces mots : *Menu du dîner du 15 avril 1880*, et au-dessous : *Consommé à la Parisienne, truites saumonées à la Russe*, etc.

Le premier Parisien qui eut l'honneur et le plaisir de rendre hommage à la beauté de madame Scott et de miss Percival fut un petit marmiton d'une quinzaine d'années, qui se trouvait là, vêtu de blanc, sa manne d'osier sur la tête, au moment où le cocher de madame Scott, gêné par un embarras de voitures, sortait difficilement de la cour de la gare. Le petit marmiton s'arrêta net sur le trottoir, ouvrit de grands yeux, regarda les deux sœurs avec un air d'ébahissement et leur lança hardiment en plein visage ce simple mot :

— Mazette ! ! !

Quand elle vit venir les rides et les cheveux blancs, madame Récamier disait à une de ses amies :

— Ah! ma chère, il n'y a plus d'illusion à se faire. Depuis le jour où j'ai vu que les petits ramoneurs ne se retournaient plus dans la rue pour me regarder, j'ai compris que tout était fini.

L'opinion des petits marmitons vaut, en pareil cas,

l'opinion des petits ramoneurs... Tout n'était pas fini pour Suzie et pour Bettina, tout commençait, au contraire.

Cinq minutes après, la calèche de madame Scott montait le boulevard Haussmann au trot lent et cadencé de deux admirables chevaux; Paris comptait deux Parisiennes de plus.

Le succès de madame Scott et de miss Percival fut immédiat, décisif, foudroyant.

Tout se passa entre huit heures du matin et minuit, le lendemain même de leur arrivée à Paris.

Imaginez une sorte de petite féerie en trois actes, et dont le succès irait grandissant de tableau en tableau.

1° Une promenade à cheval, le matin, à dix heures, au Bois, avec les deux merveilleux grooms importés d'Amérique;

2° Une promenade à pied, à six heures, dans l'allée des Acacias;

3° Une apparition à l'Opéra, le soir, à dix heures, dans la loge de madame Norton.

Alors la beauté des deux sœurs n'était plus discutable. On admira, le matin, leur grâce, leur élégance et leur distinction; on déclara, dans l'après-midi, qu'elles avaient la démarche précise et hardie de deux jeunes déesses; et, le soir, ce ne fut qu'un cri sur leur idéale perfection. La partie était gagnée. Tout Paris, dès lors, eut pour les deux sœurs, les yeux du petit marmiton de la rue d'Amsterdam, tout Paris répéta son *Mazette!* bien entendu avec les variantes et les développements imposés par les usages du monde.

Le salon de madame Scott prit immédiatement tournure... Les habitués de trois ou quatre grandes maisons américaines se transportèrent en masse chez les Scott.

Leur cercle, très rapidement, s'accrut; il y avait un peu de tout dans leur clientèle : des Américains, des Espagnols, des Italiens, des Hongrois, des Russes et même des Parisiens.

M. Scott laissait à sa femme une entière liberté. Il se montrait peu... Ayant le goût des affaires, il se plaisait à se consacrer tout entier à l'administration des deux énormes fortunes qui étaient dans ses mains, à les grossir sans cesse.

Non content de veiller avec beaucoup de prudence et d'habileté aux intérêts qu'il avait laissés en Amérique, il se lança, en France, dans de grandes affaires, et réussit à Paris comme il avait réussi à New-York. Pour gagner de l'argent, il n'y a rien de tel que de n'avoir pas besoin d'en gagner.

Quant à Bettina, ce fut autour d'elle une course fantastique, une ronde infernale! Une telle fortune! une telle beauté! Miss Percival était arrivée à Paris le 15 avril; quinze jours ne s'étaient pas écoulés que les demandes en mariage commençaient à pleuvoir. Dans le cours de cette première année, — Bettina s'était amusée à tenir fort exactement cette petite comptabilité, — dans le cours de cette première année, elle aurait pu, si elle avait voulu, se marier trente-quatre fois... Et quelle variété de prétendants!

On demanda sa main pour un jeune duc, qui ferait grande figure à la cour, lorsque la France, — et cela était inévitable! — reconnaîtrait ses erreurs et s'inclinerait devant ses maîtres légitimes.

On demanda sa main pour un jeune prince qui aurait sa place sur les marches du trône, lorsque la France, — et cela était inévitable! — renouerait la chaîne des traditions napoléoniennes.

On demanda sa main pour un jeune député républicain,
qui venait de débuter très brillamment à la Chambre, et
à qui l'avenir réservait les plus brillantes destinées; car
la République était fondée maintenant en France sur des
5 bases indestructibles.

Et ainsi de suite.

Rien, jusqu'à présent, n'avait fait battre le petit cœur de
Bettina, et la réponse pour tous avait été la même :

— Non !... non !... Encore non !... Toujours non !

10 Quelques jours après cette représentation d'*Aïda*, les
deux sœurs avaient eu ensemble une assez longue conversation sur cette grosse, sur cette éternelle question de
mariage. Certain nom avait été prononcé par madame
Scott, qui avait provoqué de la part de miss Percival le
15 refus le plus net et le plus énergique.

Et Suzie, en riant, avait dit à sa sœur :

— Vous serez bien forcée, cependant, Bettina, de finir
par vous marier...

— Oui, certainement !... Mais je serais si fâchée, Suzie,
20 de me marier sans amour !... Il me semble que, pour me
résoudre à une chose pareille, j'aurais besoin de me voir
tout à fait en danger de mourir vieille fille... et je n'en
suis pas là !

— Non, pas encore.

25 — Attendons alors, attendons !

— Attendons !... Mais, parmi tous ces amoureux que vous
traînez après vous depuis un an, il y en avait de bien gen-
tils, de bien aimables, et il est vraiment un peu étrange
qu'aucun d'eux...

30 — Aucun !... ma Suzie; aucun, absolument ! Pourquoi
ne vous dirais-je pas la vérité? Est-ce leur faute? Ont-ils
été maladroits? Auraient-ils pu, en s'y prenant mieux,

trouver le chemin de mon cœur? Ou bien est-ce ma faute
à moi? Le chemin de mon cœur serait-il, par hasard, une
vilaine route escarpée, rocailleuse, inaccessible, et par où
personne jamais ne passera? Serais-je une méchante petite
créature, sèche, froide, et condamnée à ne jamais aimer? 5

— Je ne crois pas...

— Ni moi non plus... mais, jusqu'à présent cependant,
voilà mon histoire! Non, je n'ai rien senti qui ressemblât
à de l'amour... Vous riez... et pourquoi vous riez, je le
devine... Vous vous dites : « Voyez donc cette petite fille 10
qui a la prétention de savoir ce que c'est que d'aimer! »
Vous avez raison, je ne le sais pas... mais je m'en doute
bien un peu. Aimer, n'est-ce pas, ma Suzie, préférer à tous
et à toutes une certaine personne?

— Oui, c'est bien cela. 15

— N'est-ce pas ne pouvoir se lasser de voir cette personne et de l'entendre? n'est-ce pas cesser de vivre quand
elle n'est plus là pour recommencer tout de suite à revivre,
dès qu'elle reparaît?

— Oh! oh! c'est du grand amour, cela! 20

— Eh bien, c'est l'amour que je rêve...

— Et c'est l'amour qui ne vient pas?

— Pas du tout... jusqu'à présent. Et cependant elle
existe, la personne préférée par moi à tous et à toutes...
Savez-vous qui c'est? 25

—Non, je ne le sais pas... mais je m'en doute bien un peu ..

— Oui, c'est vous, ma chérie, et c'est peut-être vous,
méchante sœur, qui me rendez à ce point insensible et
cruelle. Je vous aime trop. Complet, mon cœur! Vous
l'avez pris tout entier, il n'y a plus de place pour per- 30
sonne. Vous préférer quelqu'un! Aimer quelqu'un plus
que vous!... Je n'en viendrai jamais à bout...

— Oh! que si!

— Oh! que non!... Aimer autrement... peut-être?...
mais plus, non. Qu'il ne compte pas là-dessus, ce monsieur que j'attends et qui n'arrive pas.

— Ne craignez rien, ma Betty. Il y aura place dans votre
cœur pour tous ceux que vous devez aimer, et cela, sans
que j'y perde rien, moi, votre vieille sœur... C'est tout
petit, le cœur, et c'est très grand.

Bettina tendrement embrassa sa sœur; puis resta là,
câline, la tête sur l'épaule de Suzie.

Bettina attendait avec une extrême impatience le jour
du départ et de l'installation à Longueval... Elle se sentait
un peu lasse de tant de plaisirs, de tant de succès, et de
tant de demandes en mariage. Le tourbillon parisien, dès
son arrivée, l'avait prise, et pour ne plus la lâcher. Pas une
heure de halte ni de repos... Elle éprouvait le besoin
d'être livrée à elle-même, à elle seule, pendant quelques
jours au moins, de se consulter et de s'interroger à loisir
dans la pleine tranquillité et dans la pleine solitude de la
campagne, de s'appartenir enfin...

Aussi Bettina était-elle toute guillerette et toute joyeuse,
en montant, le 14 juin, à midi, dans le train qui devait la
conduire à Longueval. Dès qu'elle se vit seule, dans un
coupé, avec sa sœur :

— Ah! s'écria-t-elle, que je suis contente! Respi-
rons un peu. En tête à tête avec vous pendant dix jours!
car les Norton et les Turner ne viennent que le 25,
n'est-ce pas?

— Oui, seulement le 25.

— Nous allons passer notre vie à cheval, en voiture,
dans les bois, dans les champs. Dix jours de liberté! Et,
pendant ces dix jours, plus d'amoureux! plus d'amoureux.

Et tous ces amoureux, de quoi, mon Dieu, étaient-ils amoureux? De moi ou de mon argent? Le voilà le mystère, l'impénétrable mystère!

La machine siffla, le train s'ébranla lentement. Une idée un peu folle passa par la tête de Bettina; elle se pencha par la portière et s'écria, en accompagnant ses paroles d'un petit salut de la main :

— Adieu! mes amoureux, adieu!

Puis elle se rejeta brusquement dans un coin du coupé, prise d'un accès de fou rire.

— Oh! Suzie! Suzie!

— Qu'est-ce qu'il y a?

— Un homme avec un drapeau rouge à la main... Il m'a vue! il m'a entendue!... Et il a eu l'air si étonné!...

— Vous êtes si déraisonnable!

— Oui, c'est vrai, d'avoir ainsi crié par la portière,... mais pas d'être heureuse de penser que nous allons vivre seules, toutes les deux, en garçons.

— Seules!... seules!... Pas tant que cela. Nous avons, pour commencer, deux personnes ce soir, à dîner.

— Ah! c'est vrai... mais ces deux personnes-là, je ne serai pas du tout fâchée de les revoir... Oui, je serai très contente de revoir le vieux curé, et surtout le jeune officier...

— Comment! surtout?

— Certainement... parce que c'était si touchant ce que ce notaire de Souvigny nous a raconté l'autre jour! c'est si bien ce qu'il a fait ce grand artilleur, quand il était tout petit, si bien, si bien, si bien, que je chercherai ce soir une occasion de lui dire ce que j'en pense... et je la trouverai!

Puis Bettina, changeant brusquement le cours de la conversation :

— On a bien envoyé la dépêche télégraphique à Edwards,
hier, pour les poneys?

— Oui, hier, avant le dîner...

— Oh! vous me laisserez les conduire jusqu'au château;
5 cela m'amusera tant de traverser la ville et de faire une
belle entrée, arrondie, sans ralentir, dans la cour, devant
le perron!... Dites... vous voulez bien?

— Oui, oui, c'est entendu, vous conduirez les poneys.

— Ah! que vous êtes gentille, ma Suzie!

10   Edwards, c'était le piqueur. Il était arrivé depuis trois
jours au château pour l'installation des écuries et l'orga-
nisation du service. Il daigna venir lui-même au-devant de
madame Scott et de miss Percival. Il amena les quatre
poneys attelés sur le duc. Il attendait dans la cour de la
15 gare, et en nombreuse compagnie. On peut dire que tout
Souvigny était là. Le passage des poneys à travers la
grande rue de la ville avait fait sensation. Les habitants
s'étaient précipités hors de leurs maisons et s'interrogeant
avidement :

20   — Qu'est-ce que c'est que ça? se disaient-ils; qu'est-ce
que c'est?

Quelques personnes avaient hasardé cette opinion :

— Un cirque ambulant peut-être...

Mais de toutes parts on s'était récrié :

25   — Vous n'avez donc pas vu comme c'était tenu... et la
voiture... et les harnais qui brillaient comme de l'or... et
les petits chevaux avec leurs roses blanches de chaque côté
de la tête.

La foule s'était entassée dans la cour de la gare, et les
30 curieux alors avaient appris qu'ils allaient avoir l'honneur
d'assister à l'arrivée des châtelaines de Longueval.

Il y eut un certain désenchantement quand les deux

sœurs se montrèrent, fort jolies, mais fort simples, dans leurs costumes de voyage. Ces braves gens s'attendaient un peu à l'apparition de deux princesses de féerie, vêtues de soie et de brocart, étincelantes de rubis et de diamants. Mais ils ouvrirent de grands yeux, quand ils virent Bettina 5 faire lentement le tour des quatre poneys, en les caressant, l'un après l'autre, légèrement de la main et en examinant d'un air entendu les détails de l'attelage. Il ne déplaisait pas à Bettina — force est bien de le reconnaître — de faire un certain effet sur cette foule de bourgeois ébahis.   10

Sa petite revue passée, Bettina, sans trop se hâter, ôta ses longs gants de Suède et les remplaça par de gros gants de peau de daim pris dans la pochette du tablier de la voiture. Puis elle se glissa en quelque sorte sur le siège, à la place d'Edwards, en recevant de lui les rênes et le 15 fouet avec une extrême dextérité et sans que les chevaux, fort excités, eussent eu le temps de s'apercevoir du changement de main. Madame Scott s'assit à côté de sa sœur. Les poneys piétinaient, dansaient, menaçaient de pointer.

— Mademoiselle fera attention, dit Edwards; les poneys 20 sont très en l'air aujourd'hui.

— N'ayez pas peur, répondit Bettina, je les connais.

Miss Percival avait la main à la fois très ferme, très légère et très juste. Elle contint les poneys pendant quelques instants, les forçant à se tenir bien à leur place 25 dans le rang; puis, enveloppant les deux chevaux de pointe d'une double et longue ondulation de son fouet, elle enleva son petit attelage d'un seul coup, avec une incomparable virtuosité et sortit magistralement de la cour de la gare, au milieu d'un long murmure d'étonnement et d'admiration. 30

Le trot des quatre poneys sonnait sur les petits pavés pointus de Souvigny. Bettina, jusqu'à la sortie de la ville,

leur fit garder une allure un peu serrée; mais, dès qu'elle
aperçut devant elle deux kilomètres de grande route, sans
montée ni descente, elle laissa les poneys se mettre progres-
sivement dans leur train... et ils avaient un train d'enfer.

— Oh! comme je suis heureuse, Suzie! s'écria-t-elle.
Allons-nous trotter et galoper toutes seules sur ces routes-
là... Voulez-vous, Suzie, conduire les poneys? C'est un
tel plaisir quand on peut ainsi leur permettre de marcher!
Ils sont si allants, et si sages! Tenez, prenez les rênes.

— Non, gardez-les; cela m'amuse plus de vous voir vous
amuser.

— Oh! quant à m'amuser, je m'amuse! J'aime tant
cela... mener à quatre, avec de l'espace pour courir!...
A Paris, même le matin, je n'osais plus... on me regardait
trop.... cela me gênait... Et ici... personne!... personne!

Au moment où Bettina, déjà un peu grisée de grand air
et de liberté, lançait triomphalement ces trois : « Personne!
personne! personne! » un cavalier se montrait, s'avançant,
au pas, à la rencontre de la voiture.

C'était Paul de Lavardens... Il faisait là le guet depuis
une heure pour avoir le plaisir de voir passer les Américaines.

— Vous vous trompez, dit Suzie à Bettina, voici
quelqu'un.

— Un paysan... Ça ne compte pas... les paysans; ça ne
demande pas ma main.

— Ce n'est pas du tout un paysan. Regardez.

Paul de Lavardens, en passant à côté de la voiture, fit
aux deux sœurs un salut de la plus haute correction et qui
sentait tout à fait son Parisien.

Les poneys couraient si vite que la rencontre eut la
rapidité d'un éclair. Bettina s'écria :

— Qu'est-ce que c'est que ce monsieur qui vient de nous
saluer?

— J'ai eu à peine le temps de le voir, mais il me semble
bien que je le connais.

— Vous le connaissez?

— Oui, et je parierais que je l'ai vu cet hiver chez moi.

— Mon Dieu! serait-ce un des trente-quatre? Est-ce
que cela va encore recommencer?

VI.

Ce même jour, à sept heures et demie, Jean venait
chercher le curé au presbytère et tous deux prenaient la
route du château.

Depuis un mois, une véritable armée d'ouvriers s'était
emparée de Longueval; les auberges et les cabarets du
village faisaient fortune. D'immenses voitures de démé-
nagement avaient apporté de Paris des cargaisons de
meubles et de tapisseries. Quarante-huit heures avant
l'arrivée de madame Scott, mademoiselle Marbeau, la
directrice de la poste, et madame Lormier, la mairesse,
s'étaient faufilées dans le château; leurs récits faisaient
tourner les têtes. Les vieux meubles avaient disparu, relé-
gués dans les combles; on se promenait au milieu d'un
véritable entassement de merveilles. Et les écuries! et
les remises! Un train spécial avait amené de Paris, sous
la haute surveillance d'Edwards, une dizaine de voitures,
et quelles voitures! une vingtaine de chevaux et quels
chevaux!

L'abbé Constantin croyait savoir ce que c'était que le

luxe. Il dînait, une fois par an, chez son évêque, monsei-
gneur Foubert, prélat aimable et riche, qui recevait assez
largement. Le curé, jusqu'alors, avait pensé qu'il ne pouvait y avoir rien au monde de plus somptueux que le palais
épiscopal de Souvigny, que les châteaux de Lavardens et
de Longueval... Il commençait à comprendre d'après ce
qu'il entendait dire des splendeurs nouvelles de Longueval,
que le luxe des grandes maisons d'aujourd'hui devait
dépasser singulièrement le luxe sérieux et sévère des
vieilles maisons d'autrefois.

Dès que le curé et Jean eurent fait quelques pas dans
l'allée du parc qui conduisait au château :

— Regarde, Jean, dit le curé, quel changement! Toute
cette partie du parc était laissée à l'abandon... et voilà que
tout est sablé, ratissé... Je ne vais plus me sentir ici chez
moi comme autrefois... Ça va être trop beau! Je ne vais
plus retrouver mon vieux fauteuil de velours marron, où il
m'arrivait si souvent de m'endormir après dîner. Et si je
m'endors ce soir, que deviendrai-je? Tu feras attention,
Jean... Si tu vois que je commence à m'engourdir, tu
t'approcheras de moi et tu me pinceras un peu au bras,
par derrière. Tu me le promets?

— Oui, mon parrain, je vous le promets.

Jean ne prêtait qu'une attention médiocre aux discours
du curé. Il se sentait une extrême impatience de revoir
madame Scott et miss Percival; mais cette impatience était
mêlée d'une très vive inquiétude. Allait-il les retrouver,
dans le grand salon de Longueval, telles qu'il les avait vues
dans la petite salle à manger du presbytère? Peut-être, au
lieu de ces deux femmes si parfaitement simples et fami-
lières, s'amusant de cette dînette improvisée, et qui, dès
le premier jour, l'avaient accueilli avec tant de grâce et

de familiarité, peut-être allait-il retrouver deux jolies pou-
pées mondaines, élégantes, froides et correctes. Son impression première allait-elle s'effacer?... disparaître? Allait-elle,
au contraire, se faire en son cœur plus douce et plus
profonde encore?

Ils montèrent les six marches du perron et furent reçus
dans le vestibule par deux grands valets de pied de l'air
le plus digne et le plus imposant. Ce vestibule, autrefois,
était une immense pièce glaciale et nue dans ses murs de
pierre; ces murs, aujourd'hui, étaient recouverts d'admirables tapisseries.

L'un des valets de pied ouvrit à deux battants la porte
du grand salon. C'était là que, d'ordinaire, se tenait la
vieille marquise, à droite de la haute cheminée, et à gauche
se trouvait le fauteuil marron. Plus de fauteuil marron!
Le vieux meuble de l'Empire, qui était le fond de l'arran-
gement du salon, avait été remplacé par un merveilleux
meuble de tapisserie de la fin du siècle dernier. Puis un
tas de petits fauteuils et de petits poufs, de toutes les cou-
leurs et de toutes les formes, étaient jetés çà et là avec une
apparence de désordre qui était le comble de l'art.

Madame Scott, en voyant entrer le curé et Jean, se leva,
et, allant à leur rencontre :

— Que vous êtes aimable, dit-elle, monsieur le curé,
d'être venu!... Et vous aussi, monsieur... et que je suis
contente de vous revoir, vous, mes premiers, mes seuls
amis dans ce pays!

Jean respira. C'était bien la même femme.

— Voulez-vous me permettre, ajouta madame Scott,
de vous présenter mes enfants?... Harry et Bella...
venez.

Harry était un très gentil petit garçon de six ans et Bella

une très jolie petite fille de cinq ans; ils avaient les
grands yeux noirs de leur mère et ses cheveux dorés.

Après que le curé eut embrassé les deux enfants, Harry,
qui regardait avec admiration l'uniforme de Jean, dit à sa
mère :

— Et le militaire, maman, faut-il l'embrasser aussi, le
militaire?

— Si vous voulez, répondit madame Scott, et s'il le
veut bien.

Les deux enfants étaient, une minute après, installés
sur les genoux de Jean et l'accablaient de questions.

— Vous êtes officier?

— Oui, je suis officier.

— Dans quoi?

— Dans l'artillerie.

— Les artilleurs... c'est ceux qui tirent le canon... Oh!
que cela m'amuserait d'entendre tirer le canon et d'être
tout près!

— Vous nous emmènerez, un jour, quand on le tirera,
le canon; dites, voulez-vous?

Madame Scott, qui avait, pendant ce temps, causé avec
le curé, s'aperçut tout à coup que Jean était occupé mili-
tairement par ses deux enfants :

— Oh! comme je vous demande pardon, monsieur!
Harry! Bella!...

— Je vous en prie, madame, laissez-les-moi.

— Et comme je suis contrariée de vous faire dîner si
tard! Ma sœur n'est pas encore descendue. Ah! la voici.

Bettina fit son entrée. La même robe de mousseline
blanche, le même fouillis de dentelles, les mêmes roses
rouges, la même grâce, la même beauté, et le même
accueil riant, aimable, ouvert.

— Je suis votre servante, monsieur le curé. M'avez-vous pardonné mon horrible indiscrétion de l'autre jour?

Puis, se tournant vers Jean et lui tendant la main :

— Bonjour, monsieur... monsieur... Bon ! voilà que je ne me rappelle plus votre nom... et cependant il me semble que nous sommes déjà de vieux amis?...

— Jean Reynaud.

— Jean Reynaud... c'est cela. Bonjour, monsieur Reynaud !... mais, je vous en préviens loyalement, quand nous serons tout à fait de vieux amis, dans une huitaine de jours, je vous appellerai monsieur Jean... C'est un très joli nom, Jean.

On annonça le dîner. Les gouvernantes vinrent chercher les enfants. Madame Scott prit le bras du curé ; Bettina, le bras de Jean...

La conversation s'engagea, facile, animée, confiante... Les deux sœurs étaient ravies. Elles avaient déjà fait une promenade à pied, dans le parc. Elles se promettaient de faire, le lendemain, une longue promenade à cheval dans la forêt. Monter à cheval, c'était leur passion, leur folie ! Et c'était aussi la passion de Jean, si bien qu'au bout d'un quart d'heure, on le priait d'être de cette promenade du lendemain. Il acceptait avec joie. Personne, mieux que lui, ne connaissait les environs : c'était son pays. Il serait si heureux de leur en faire les honneurs et de leur montrer une foule de petits endroits ravissants, que jamais, sans lui, elles ne sauraient découvrir !

— Vous montez tous les jours à cheval? lui demanda Bettina.

— Tous les jours et généralement deux fois. Le matin pour mon service et le soir pour mon plaisir.

— De bonne heure, le matin ?

— A cinq heures et demie...

— A cinq heures et demie, tous les matins ?

— Oui, le dimanche excepté.

5 — Alors, vous vous levez ?

— A quatre heures et demie.

— Et il fait jour ?

— Oh ! en ce moment, grand jour.

— Se lever ainsi à quatre heures et demie, c'est admi-
10 rable !... Et vous l'aimez, votre métier ?

— Beaucoup, mademoiselle. Cela est si bon d'avoir son existence toute droite devant soi, avec des devoirs bien nets et bien définis !

— Cependant, dit madame Scott, ne pas être son
15 maître, avoir toujours à obéir !...

— C'est là peut-être ce qui me va le mieux. Il n'y a rien de plus facile que d'obéir... et puis, apprendre à obéir, c'est la seule façon d'apprendre à commander.

— Ah ! ce que vous dites là, comme cela doit être
20 vrai !

— Oui, sans doute, continua le curé, mais ce qu'il ne vous dit pas, c'est qu'il est l'officier le plus distingué de son régiment, c'est que...

— Mon parrain, je vous en prie...

25 Le curé, malgré la résistance de Jean, allait se lancer dans le panégyrique de son filleul, quand Bettina, interve-
nant :

— C'est inutile, monsieur le curé, ne dites rien... Tout ce que vous diriez, nous le savons. Nous avons eu l'indis-
30 crétion de prendre des renseignements sur monsieur... Oh ! j'ai failli dire monsieur Jean... sur monsieur Reynaud. Eh bien, ils ont été admirables, les renseignements !

— Je serais curieux de savoir, dit Jean.

— Rien... rien, vous ne saurez rien. Je ne veux pas vous faire rougir, et vous seriez obligé de rougir.

Puis, se tournant vers le curé :

— Mais sur vous aussi, monsieur le curé, nous avons eu des renseignements. Il paraît que vous êtes un saint...

— Oh! quant à cela, c'est bien vrai! s'écria Jean.

Ce fut le curé, cette fois, qui coupa court à l'éloquence de Jean. Le dîner était sur le point de finir. Ce diner, le vieux prêtre ne l'avait pas traversé sans bien des émotions. A plusieurs reprises, on lui avait présenté des constructions savantes et compliquées sur lesquelles il n'avait osé porter qu'une main tremblante; il avait peur de tout voir s'écrouler : les châteaux branlants de gelée, les pyramides de truffes, les forteresses de crème, les bastions de pâtisserie, les rochers de glace. L'abbé Constantin dîna, d'ailleurs, de grand appétit et ne recula pas devant deux ou trois verres de vin de Champagne. Il ne haïssait pas la bonne chère. La perfection n'est pas de ce monde, et, si la gourmandise était, comme on le dit, un péché capital, que de bons curés iraient en enfer!

Le café était servi sur la terrasse, devant le château; on entendait au loin le son un peu fêlé de la vieille horloge du village qui sonnait neuf heures. Les prés et les bois s'endormaient. Le parc ne gardait plus que de longues lignes indécises et ondulantes. La lune, lentement, émergeait de la cime des grands arbres.

Bettina prit sur la table une boîte de cigares.

— Fumez-vous? dit-elle à Jean.

— Oui, mademoiselle.

— Prenez alors, monsieur Jean... Tant pis, je l'ai dit... Prenez... Mais non... écoutez d'abord.

Et, parlant à demi-voix, tout en lui présentant la boîte
de cigares :

— Il fait nuit maintenant, vous pourrez rougir tout à
votre aise. Je vais vous dire ce que je ne vous ai pas dit
tout à l'heure, à table. Un vieux notaire de Souvigny, qui
a été votre tuteur, est venu voir ma sœur à Paris pour le
payement du château. Il nous a raconté ce que vous avez
fait, après la mort de votre père, quand vous n'étiez qu'un
enfant, ce que vous avez fait pour cette pauvre mère et
pour cette pauvre jeune fille. Nous avons été très atten-
dries de cela, ma sœur et moi.

— Oui, monsieur, continua madame Scott, et c'est pour
cela que nous vous avons reçu aujourd'hui avec un tel plaisir.
Nous n'aurions pas fait à tout le monde le même accueil,
vous pouvez en être persuadé. Eh bien, prenez votre cigare
maintenant; ma sœur est là qui attend.

Jean ne trouva pas une parole à répondre, Bettina était là
plantée devant lui, avec la boîte de cigares dans ses deux
mains, les yeux fixés franchement sur le visage de Jean.
Elle goûtait ce plaisir très réel et très vif qui peut se tra-
duire par cette phrase :

« Il me semble que je regarde un brave garçon. »

— Et maintenant, dit madame Scott, asseyons-nous là,
devant cette nuit charmante... Prenez votre café...
Fumez...

— Et ne parlons pas, Suzie, ne parlons pas. Ce grand
silence de la campagne après ce grand vacarme de Paris,
c'est adorable! Restons là, sans rien dire. Regardons le
ciel, la lune et les étoiles.

Tous les quatre, avec beaucoup de plaisir, exécutèrent
ce petit programme. Suzie et Bettina calmes, reposées,
dans un absolu détachement de leur existence de la veille,

se prenant déjà de tendresse pour ce pays qui venait de les
recevoir et qui allait les garder.

Jean était moins tranquille ; les paroles de miss Percival
lui avaient causé une émotion profonde ; son cœur n'avait
pas encore repris tout à fait sa marche régulière.

Mais, de tous, le plus heureux, c'était l'abbé Constantin.
Il avait joui délicieusement de ce petit épisode qui avait
mis la modestie de Jean à une si rude et si douce épreuve.
L'abbé portait à son filleul une telle affection ! Le plus
tendre des pères n'a jamais aimé d'un meilleur cœur le
plus cher de ses enfants. Quand le vieux curé regardait le
jeune officier, il lui arrivait souvent de se dire :

— Le ciel m'a comblé ! je suis prêtre et j'ai un fils !

L'abbé se perdit dans une très agréable rêverie ; il se
retrouvait chez lui ; il se retrouvait trop chez lui ; ses idées
peu à peu se confondirent et s'embrouillèrent. La rêverie
devint de l'engourdissement, l'engourdissement de la som-
nolence ; le désastre fut bientôt complet, irréparable. Le
curé s'endormit et s'endormit profondément. Ce dîner
merveilleux et les deux ou trois verres de vin de Champagne étaient bien pour quelque chose dans la catastrophe.

Alors, Bettina dit à voix basse :

— Monsieur Jean ! monsieur Jean !

— Mademoiselle !...

— Regardez donc monsieur le curé, il dort.

— Oh ! mon Dieu ! c'est ma faute.

— Comment ! votre faute ? demanda madame Scott,
également à voix basse.

— Oui... Mon parrain se lève de grand matin et se
couche de très bonne heure ; il m'avait bien recommandé
de l'empêcher de s'endormir. Très souvent, chez madame

de Longueval, après le dîner, il s'assoupissait. Vous l'avez
accueilli avec une telle bonté, qu'il a repris ses habitudes
d'autrefois.

— Et comme il a eu raison ! dit Bettina. Ne faisons pas
de bruit, ne le réveillons pas.

— Vous êtes excellente, mademoiselle ; mais la soirée
devient un peu fraîche.

— Ah ! c'est vrai... Il pourrait s'enrhumer. Attendez, je
vais aller chercher un de mes manteaux.

— Je crois, mademoiselle, qu'il vaudrait mieux tâcher de
le réveiller adroitement pour qu'il ne se doute pas que vous
l'avez vu dormir.

— Laissez-moi faire, dit Bettina. Suzie, chantons
ensemble, tout bas d'abord, puis nous élèverons peu à peu
la voix... Chantons.

— Volontiers !... mais que chanter ?

Suzie et Bettina se mirent à chanter :

> If I had but two little wings
> And were a little feathery bird, *etc*

Leurs voix douces et pénétrantes avaient, dans ce pro-
fond silence, une exquise sonorité. L'abbé n'entendait rien,
ne bougeait pas. Charmé de ce petit concert, Jean se
disait :

— Pourvu que mon parrain ne se réveille pas trop tôt !

Les voix cependant devenaient plus claires et plus
hautes :

> But in my sleep to you I fly ;
> I'm always with you in my sleep! *etc...*

Le curé se réveilla en sursaut. Après un court moment
d'inquiétude, il respira... Personne, évidemment, ne

s'était aperçu qu'il avait dormi. Il se redressa, se détira prudemment, lentement... Il était sauvé!

Un quart d'heure après, les deux sœurs reconduisaient le curé et Jean jusqu'à la petite porte du parc, qui ouvrait sur le village, à une centaine de pas du presbytère. On approchait de cette porte, lorsque Bettina dit à Jean tout à coup :

— Ah! monsieur, j'ai depuis trois heures une question à vous adresser. Ce matin, en arrivant, nous avons rencontré, sur la route, un jeune homme mince, avec des moustaches blondes; il montait un cheval noir; il nous a saluées au passage.

— C'est Paul de Lavardens, un de mes amis. Il a déjà eu l'honneur de vous être présenté... mais un peu vaguement. Aussi son ambition est-elle de vous être représenté.

— Eh bien, vous nous l'amènerez un de ces jours, dit madame Scott.

— A partir du 25, s'écria Bettina... Pas avant! pas avant! Personne jusque-là, nous ne voulons voir personne, excepté vous, monsieur Jean... mais vous, c'est très extraordinaire, et je ne sais pas trop comment cela s'est fait, vous n'êtes déjà plus personne pour nous... Le compliment n'est peut-être pas très bien tourné, mais ne vous y trompez pas, c'est un compliment... J'ai l'intention d'être excessivement aimable en vous parlant ainsi.

— Et vous l'êtes, mademoiselle.

— Tant mieux si j'ai eu le bonheur de me faire bien comprendre... Au revoir, monsieur Jean, et à demain.

Madame Scott et miss Percival reprirent lentement le chemin du château.

— Et maintenant, Suzie, dit Bettina, grondez-moi bien fort... Je m'y attends... Je l'ai mérité.

— Vous gronder! Pourquoi?

— Vous allez dire, j'en suis sûre, que j'ai été trop familière avec ce jeune homme.

— Non, je ne vous dirai pas cela... Ce jeune homme a fait sur moi, dès le premier jour, la plus heureuse impression. Il m'inspire une confiance absolue.

— Et à moi aussi.

— Je suis persuadée qu'il sera bien de nous appliquer toutes deux à nous en faire un ami.

— De tout mon cœur, quant à moi... D'autant mieux, Suzic, que j'ai déjà vu bien des jeunes gens, depuis que nous vivons en France... Oh! oui, j'en ai vu!... eh bien, celui-là est le premier — positivement le premier — dans les yeux duquel je n'ai pas lu clairement cette phrase : « Mon Dieu! que je serais donc content d'épouser les millions de cette petite personne-là! » Cela était écrit distinctement dans les yeux de tous les autres... et pas dans ses yeux à lui... Là-dessus, nous voilà rentrées... Bonsoir, Suzie, et à demain.

Madame Scott alla voir ses enfants et les embrasser endormis.

Bettina resta longuement accoudée sur la balustrade de son balcon.

— Il me semble, se disait-elle, que je vais aimer ce pays.

VII.

Le lendemain matin, au retour de la manœuvre, Paul de Lavardens attendait Jean dans la cour du quartier. Il lui laissa à peine le temps de descendre de cheval... et, dès qu'il le tint seul à seul :

— Raconte, lui dit-il, vite, ton dîner d'hier ; raconte. Je
les avais vues, moi, le matin. La petite conduisait quatre
poneys noirs... et avec une crânerie !... Je les ai saluées...
As-tu parlé de moi ? M'ont-elles reconnu ? Quand me con-
duis-tu à Longueval ? Mais réponds-moi, réponds-moi 5
donc !

— Répondre ! répondre !... A quelle question d'abord ?

— A la dernière.

— Quand je te conduirai à Longueval ?

— Oui.   10

— Eh bien, dans une dizaine de jours. Elles ne veulent
voir personne en ce moment.

— Alors tu ne retourneras à Longueval que dans une
dizaine de jours ?

— Oh! moi, j'y retourne aujourd'hui, à quatre heures. 15
Mais, moi, je ne compte pas. Jean Reynaud, le filleul du
curé !... Voilà pourquoi j'ai pénétré si facilement dans la
confiance de ces deux charmantes femmes ; je me suis présenté sous le patronage et avec la garantie de l'Église...
Et puis on a découvert que je pouvais rendre de petits 20
services ; je connais très bien le pays ; on va m'utiliser
comme guide... Enfin, je ne suis personne, moi, tandis
que toi, comte Paul de Lavardens, toi, tu es quelqu'un !
Aussi, ne crains rien, ton tour viendra avec les fêtes et les
bals, quand il faudra briller, quand il faudra danser. Tu 25
resplendiras alors de tout ton éclat et je rentrerai fort hum-
blement dans mon obscurité.

— Moque-toi de moi tant qu'il te plaira... Il n'en est pas
moins vrai que, pendant ces dix jours, tu vas prendre une
avance... une avance !...   30

— Comment ! une avance ?

— Voyons, Jean, est-ce que tu veux essayer de me

faire croire que tu n'es pas déjà amoureux ? Est-ce possible ?
Tant de beauté ! tant de luxe ! Oh !... le luxe peut-être
encore plus que la beauté ! Le luxe, à ce degré-là, ça me
renverse, ça me bouleverse ! Ces quatre poneys noirs,
j'en ai rêvé cette nuit... Et cette petite... Bettina...
n'est-ce pas ?

— Oui, Bettina.

— Bettina !... comtesse Bettina de Lavardens ! Est-ce
assez gentil ! Et quelle perfection de petit mari elle aurait
en moi ! Être le mari d'une femme follement riche, voilà
ma destinée ! Ce n'est pas aussi facile qu'on peut le sup-
poser ! Il faut savoir être riche, et j'aurais ce talent-là.
J'ai fait mes preuves ; j'en ai déjà mangé, de l'argent...
et si maman ne m'avait pas arrêté !... Mais je suis tout prêt
à recommencer... Ah ! comme elle serait heureuse avec
moi ! Je lui ferais une existence de princesse de féerie...
Elle sentirait dans son luxe le goût, l'art et la science de
son mari... Je passerais ma vie à l'attifer, à la pompon-
ner, à la bichonner, à la promener triomphante à travers
le monde. J'étudierais sa beauté pour bien la mettre dans
le cadre qui lui conviendrait... « S'il n'était pas là, se
dirait-elle, je serais moins jolie... » Je ne saurais pas seulement l'aimer, je saurais l'amuser... Elle en aurait pour
son argent, et de l'amour, et du plaisir !... Allons, Jean,
un bon mouvement ; conduis-moi aujourd'hui chez madame Scott.

— Je ne peux pas, je t'assure.

— Eh bien, dans dix jours seulement ; mais alors, je
t'en préviens, je m'installe à Longueval et je n'en bouge
plus. D'abord, ça fera plaisir à maman. Elle est encore un
peu montée contre les Américaines ; elle dit qu'elle s'ar-
rangera pour ne pas les voir, mais je la connais, maman !

Le jour où je lui dirai, un soir, en rentrant : « Maman,
j'ai gagné le cœur d'une charmante petite personne qui
est affligée d'un capital d'une vingtaine de millions et
d'un revenu de deux ou trois millions... » Ce soir-là, elle
sera enchantée, maman... Tu auras seulement, dans dix 5
jours, la complaisance de me prévenir si ton cœur est
engagé.

— Tu es fou. Je ne pense et ne penserai pas plus...

— Écoute, Jean, tu es la sagesse et la raison mêmes,
d'accord ; mais tu auras beau dire et beau faire... Écoute, 10
et rappelle-toi bien ce que je te dis là : Jean, tu seras
amoureux dans cette maison-là.

— Je ne crois pas, répondit Jean en riant.

— Et moi, j'en suis sûr... Au revoir ! je te laisse à tes
affaires.   15

Jean, ce matin-là, était parfaitement sincère. Il avait
très bien dormi la nuit précédente. Sa seconde entrevue
avec les deux sœurs avait, comme par enchantement, dis-
sipé le léger trouble qui avait agité son âme, après la première rencontre. Il se préparait à les revoir avec beaucoup 20
de plaisir, mais avec beaucoup de tranquillité. Il y avait
trop d'argent dans cette maison-là, pour que l'amour d'un
pauvre diable tel que lui pût y trouver place honnêtement.

L'amitié, c'était une autre affaire. De tout son cœur il
souhaitait, et de toutes ses forces il allait essayer de s'éta- 25
blir bien paisiblement dans l'estime et l'affection de ces
deux femmes. On lui avait dit bien franchement, bien cor-
dialement : « Vous serez notre ami. » Voilà tout ce qu'il
désirait ! Être leur ami ! Et il le serait !

Tout, pendant les dix jours qui suivirent, tout conspira 30
pour le succès de cette entreprise. Suzie, Bettina, l'abbé
et Jean vécurent de la même vie, dans la plus étroite et

dans la plus confiante intimité. Les deux sœurs faisaient,
dans la matinée, de longues promenades en voiture avec
le curé ; et, dans l'après-midi, avec Jean, de longues
promenades à cheval.

Jean ne cherchait plus à analyser ses sentiments. Il était
complètement heureux, complètement tranquille. Donc il
n'était pas amoureux, car l'amour et la tranquillité font
rarement bon ménage dans le même cœur.

Jean, cependant, voyait, avec un peu d'inquiétude et
de tristesse, s'approcher le jour qui allait amener à Longueval les Turner, les Norton, et tout le flot de la colonie
américaine. Ce jour vint très vite.

Le vendredi 24 juin, à quatre heures, Jean arrivait au
château. Bettina le reçut toute chagrine.

— Quel contretemps ! lui dit-elle, voilà ma sœur souffrante. Un peu de migraine, rien du tout. Il n'y paraîtra
plus demain ; mais enfin je n'ose pas aller me promener
avec vous toute seule. Là-bas, en Amérique, j'oserais ;
mais ici, non, n'est-ce pas ?

— Assurément non, répondit Jean.

— Je suis obligée de vous renvoyer, et cela me fait
beaucoup de peine.

— Cela me fait, à moi aussi, beaucoup de peine de
m'en aller et de perdre cette dernière journée que j'espé-
rais passer avec vous. Cependant, puisqu'il le faut !... Je
viendrai demain prendre des nouvelles de votre sœur.

— Elle vous en donnera elle-même. Je vous le répète,
ce n'est rien du tout. Mais ne vous sauvez pas si vite, je
vous en prie. Voulez-vous m'accorder un tout petit quart
d'heure d'entretien ? J'ai à vous parler. Asseyez-vous là...
et maintenant, écoutez-moi bien. Nous avions, ma sœur
et moi, l'intention de vous bloquer ce soir, après dîner,

dans un petit coin du salon, et c'est alors ma sœur qui aurait porté la parole, c'est elle qui vous aurait dit ce que je vais essayer de dire en notre nom à toutes les deux. Mais je suis un peu émue... Ne riez pas; c'est très sérieux. Nous voulions vous remercier, toutes les deux, d'avoir été, depuis notre arrivée, si aimable, si bon, si dévoué, si..

— Oh! mademoiselle, je vous en prie, c'est à moi...

— Oh! ne m'interrompez pas... vous allez m'embrouiller... Je ne saurai plus m'en tirer... Je maintiens, d'ailleurs, que c'est à nous de remercier, pas à vous. Nous arrivions ici comme deux étrangères. Nous avons eu la joie d'y trouver tout de suite des amis... oui, des amis. Vous nous avez prises par la main... vous nous avez menées chez nos fermiers, chez nos gardes, pendant que votre parrain nous menait chez ses pauvres... et partout on vous aimait tant, que, tout de suite, de confiance, on s'est mis, sur votre recommandation, à nous aimer un peu... On vous adore dans ce pays, le savez-vous?

— J'y suis né... Tous ces braves gens me connaissent depuis mon enfance et me sont reconnaissants de ce que mon grand-père et mon père ont fait pour eux. Et puis... je suis de leur race, de la race des paysans. Mon arrière-grand-père était un cultivateur de Bargecourt, un village à deux lieues d'ici.

— Oh! oh! vous avez l'air bien fier de cela!

— Ni fier, ni humilié.

— Je vous demande pardon... vous avez eu un petit mouvement d'orgueil! Eh bien, je vous répondrai, moi, que l'arrière-grand-père de ma mère était fermier en Bretagne. Il s'en est allé au Canada, à la fin du siècle dernier, quand le Canada était encore à la France... Et vous l'aimez beaucoup, ce pays où vous êtes né?

— Beaucoup. Je serai bientôt peut-être obligé de le quitter.

— Pourquoi cela?

— Quand j'aurai de l'avancement, on m'enverra dans un autre régiment, et je me promènerai de garnison en garnison... Mais assurément, quand je serai un vieux commandant ou un vieux colonel en retraite, je viendrai vivre et mourir ici, dans la petite maison de mon père.

— Toujours tout seul?

— Pourquoi tout seul?... J'espère bien que non...

— Vous avez l'intention de vous marier?

— Oui, certainement.

— Et vous cherchez à vous marier?

— Non, on peut penser à se marier, mais on ne doit pas chercher à se marier.

— Il y a cependant des gens qui cherchent... allez, je vous en réponds... et même, vous, on a voulu vous marier.

— Comment savez-vous cela?

— Ah! je connais si bien toutes vos petites affaires!... Vous êtes ce qui s'appelle *un bon parti*... et, je le répète, on a voulu vous marier.

— Qui vous a dit cela?

— Monsieur le curé.

— Mon parrain a eu tort, dit Jean, avec une certaine vivacité.

— Non, non, il n'a pas eu tort. Si quelqu'un a été coupable, c'est moi, et coupable par charité, non par curiosité, je vous le jure. J'ai découvert que votre parrain n'était jamais si heureux que lorsqu'il parlait de vous; alors moi, le matin, quand je suis seule avec lui, pendant nos promenades, pour lui faire plaisir, je lui parle de

vous, et il me raconte votre histoire. Vous êtes à votre
aise, vous êtes très à votre aise... Vous recevez du gouvernement deux cent treize francs par mois... et des cen-
times. Est-ce bien cela?

— Oui, dit Jean, se décidant à prendre de bonne grâce
son parti des indiscrétions du curé.

— Vous avez huit mille francs de rente.

— A peu près, pas tout à fait.

— Ajoutez à cela votre maison, qui vaut une trentaine
de mille francs. Enfin vous êtes dans une excellente
situation, et on a déjà demandé votre main.

— Demandé ma main?... Non! non!

— Si fait! si fait! Deux fois... et vous avez refusé deux
très beaux mariages, deux très belles dots, si vous aimez
mieux. C'est la même chose pour tant de gens! Deux cent
mille francs d'une part, trois cent mille de l'autre. Dites-
moi, pourquoi? Si vous saviez comme je suis curieuse de
savoir!

— Eh bien, il s'agissait de deux jeunes filles charmantes...

— C'est entendu? on dit cela toujours.

— Mais que je connaissais à peine. On m'a forcé, —
car je faisais résistance, — on m'a forcé à passer avec elles
deux ou trois soirées, l'hiver dernier.

— Et alors?

— Alors, je ne sais pas trop comment vous expliquer,
je n'ai éprouvé aucun sentiment d'embarras, d'émotion,
d'inquiétude, de trouble...

— Enfin, dit résolument Bettina, pas le plus léger
soupçon d'amour.

— Non, pas le moindre... et je suis rentré bien sage-
ment dans mon petit trou de garçon; car je pense qu'il

vaut mieux ne pas se marier que se marier sans amour. Voilà mon opinion.

— Et c'est aussi la mienne.

Elle le regardait. Il la regardait. Et brusquement, à leur grande surprise à tous les deux, ils ne trouvèrent plus rien à se dire, plus rien du tout.

Par bonheur, à ce moment, Harry et Bella, avec de grands cris de joie, se précipitèrent dans le salon.

— Monsieur Jean! monsieur Jean! vous êtes là, monsieur Jean? Venez voir nos poneys.

— Ah! dit Bettina, d'une voix un peu incertaine, Edwards est revenu tout à l'heure de Paris, et il a ramené pour les enfants des poneys microscopiques. Allons les voir, voulez-vous?

On alla voir les poneys, qui étaient dignes en effet, de figurer dans les écuries du roi de Lilliput.

VIII.

Trois semaines se sont écoulées. Jean, le lendemain, doit partir avec son régiment pour les écoles à feu; il va vivre de son existence de soldat : dix jours d'étapes sur les grandes routes pour l'aller et le retour, et dix jours sous la tente, au camp de Cercottes, dans la forêt d'Orléans. Le régiment rentrera à Souvigny le 10 août.

Jean n'est plus tranquille; Jean n'est plus heureux. Le moment de ce départ, il le voit venir avec impatience et, en même temps, avec effroi... Avec impatience, car il souffre un véritable martyre; il a hâte d'y échapper... Avec effroi, car, pendant ces vingt jours, sans la voir, sans lui parler, sans elle enfin, que deviendra-t-il? Elle, c'est Bettina! il l'adore!

Depuis quand? Depuis le premier jour, depuis cette rencontre, au mois de mai, dans le jardin du curé! Voilà la vérité! Mais Jean lutte et se débat contre cette vérité. Il croit n'aimer Bettina que depuis ce jour où tous deux causaient gaiement, amicalement, dans le petit salon. Elle était assise sur le divan bleu, près de la fenêtre, et, tout en bavardant, s'amusait à réparer le désordre de la toilette d'une princesse japonaise, une poupée de Bella, qui traînait sur un fauteuil, et que Bettina, machinalement, avait ramassée.

Pourquoi la fantaisie vint-elle à miss Percival de lui parler de ces deux jeunes filles qu'il aurait pu épouser? La question, d'ailleurs, ne l'avait nullement embarrassé. Il répondit que, s'il ne s'était senti alors aucun goût pour le mariage, c'est que ses entrevues avec ces deux jeunes filles ne lui avaient causé aucune émotion, aucune agitation. Il souriait en parlant ainsi; mais, quelques instants après, il ne souriait plus. Ces émotions, ces agitations, il apprenait soudainement à les connaître. Jean ne se fit pas d'illusion; il se rendit compte de la profondeur de la blessure; elle avait porté en plein cœur.

Jean, cependant, ne s'abandonna pas. Ce jour-là même, en partant, il se disait : « Oui, c'est très grave, très grave, mais j'en reviendrai. » Il cherchait une excuse à sa folie; il s'en prenait aux circonstances. Cette délicieuse fille, depuis dix jours, avait été trop à lui, trop à lui seul! Comment résister à une pareille tentation? Il s'était grisé de son charme, de sa grâce, de sa beauté. Mais, le lendemain, vingt personnes allaient arriver au château, et ce serait la fin de cette dangereuse intimité. Il aurait du courage,

s'écarterait, se perdrait dans la foule, verrait Bettina moins
souvent et de moins près.. Ne plus la voir, il n'y pouvait
songer! Il voulait rester l'ami de Bettina, puisqu'il ne
pouvait être que son ami. Car il était une autre pensée qui
5 n'entrait même pas dans l'esprit de Jean; cette pensée ne lui
paraissait pas extravagante, elle lui paraissait monstrueuse.
Il n'y avait pas au monde de plus honnête homme que
Jean, et l'argent de Bettina lui faisait horreur, positivement horreur.

10   La foule, en effet, à partir du 25 juin, avait envahi
Longueval. Madame Norton était arrivée avec son fils
Daniel Norton, et madame Turner avec son fils Philip
Turner; tous deux, le jeune Daniel et le jeune Philip,
faisaient partie de la fameuse confrérie des Trente-Quatre.
15 C'étaient d'anciens amis; Bettina les avait traités comme
tels, et leur avait déclaré, avec une pleine franchise,
qu'ils perdaient absolument leur temps; ils ne se décou-
rageaient pas cependant, et formaient le centre d'une
petite cour fort empressée, fort assidue autour de Bettina.

20   Paul de Lavardens avait fait son entrée en scène et
était devenu très rapidement l'ami de tout le monde. Il
avait reçu cette éducation brillante et compliquée d'un
jeune homme qui se destine au plaisir; dès qu'il ne
s'agissait que de s'amuser : cheval, croquet, lawn-tennis,
25 polo, danse, charades et comédies, il était prêt à tout, il
excellait en tout. Sa supériorité éclata, s'imposa. Paul
devint, de l'assentiment général, le directeur et l'organi-
sateur des fêtes de Longueval.

     Bettina n'eut pas une minute d'hésitation. Jean venait
30 de lui présenter Paul de Lavardens. et celui-ci achevait à
peine le petit compliment de rigueur, que Bettina, se
penchant vers Suzie, lui disait à l'oreille :

— Le trente-cinquième !

Elle ût cependant bon accueil à Paul, et si bon accueil,
que celui-ci, pendant quelques jours, eut la faiblesse de
s'y méprendre. Il crut que ses grâces personnelles lui
valaient cette très aimable et très cordiale réception.
C'était une grande erreur. Il avait été présenté par Jean ;
il était l'ami de Jean ; aux yeux de Bettina tout son mérite était là.

Le château de madame Scott était ville ouverte ; on
n'était pas invité pour un soir, mais pour tous les soirs ;
et Paul, avec enthousiasme, s'était mis à venir tous les
soirs. Son rêve était réalisé. Il retrouvait Paris à Longueval !

Seulement Paul n'était ni sot ni fat. Sans nul doute il
était, de la part de miss Percival, l'objet d'attentions et
de faveurs toutes particulières ; elle se plaisait à causer
longuement, très longuement, seule à seul avec lui...
mais quel était l'éternel, l'inépuisable sujet de ces con-
versations ? Jean, encore Jean, toujours Jean !

Paul était léger, mais il devenait sérieux dès qu'il était
question de Jean ; il savait l'apprécier, il savait l'aimer.
Rien ne lui était plus doux, rien ne lui était plus facile
que de dire de son ami d'enfance tout le bien qu'il en
pensait. Et comme il voyait que Bettina prenait grand
plaisir à l'écouter, Paul donnait libre cours à son éloquence.

Seulement Paul — et c'était bien son droit — voulut,
un soir, avoir le bénéfice de sa conduite chevaleresque. Il
venait de causer pendant un quart d'heure avec Bettina.
L'entretien terminé, il s'en était allé trouver Jean, de
l'autre côté du salon, et lui avait dit :

— Tu m'as laissé le champ libre... et je me suis lancé
intrépidement sur miss Percival.

— Eh bien, tu n'as pas lieu d'être mécontent du résultat
de l'entreprise. Vous voilà les meilleurs amis du monde.

— Oui, certainement... Ça va... ça va... et ça ne va
pas. Il n'y a rien de plus aimable et de plus charmant que
miss Percival; mais enfin, j'ai du mérite à le reconnaître,
car là, entre nous, elle me fait jouer un rôle ingrat et
ridicule, un rôle qui n'est pas de mon âge. J'ai l'âge des
amoureux, moi, je n'ai pas l'âge des confidents.

— Des confidents?

— Oui, mon cher, des confidents! Voilà mon emploi
dans cette maison! Tu nous regardais tout à l'heure...
Oh! j'ai de bons yeux... Tu nous regardais... Eh bien,
sais-tu de quoi nous parlions? De toi, mon cher, de toi,
rien que de toi! Et c'est la même chose tous les soirs.
Des questions à n'en plus finir : « Vous avez été élevés
ensemble? Vous avez pris des leçons tous les deux avec
l'abbé Constantin? Il sera bientôt capitaine? Et après?
— Commandant. — Et après? — Colonel, *et cætera...
et cætera...* » Ah! Jean, mon ami Jean, si tu voulais faire
un beau rêve!...

— Pourquoi te passe-t-il par la tête une idée tellement
absurde?...

— Absurde?... Je ne vois pas... Je l'ai bien eue pour
mon propre compte, cette idée absurde. Mais, n'en parlons
plus... n'en parlons plus... Ce que je voulais dire, en
somme, c'est que miss Percival me trouve bien gentil,
bien gentil, bien gentil, mais, quant à me prendre au
sérieux, jamais elle ne me prendra au sérieux, cette petite
personne-là. Vois-tu, Jean, je m'amuserai dans cette
maison-là, mais je n'y ferai pas mes frais.

Depuis lors, Jean et Paul se trouvèrent, très régulière-
ment, dans le cercle particulier de madame Scott, qui,

tout comme Bettina, avait sa petite cour. Ce que Jean venait chercher là, c'était une protection, un abri, un lieu d'asile.

La sensation avait été la même, au même moment, et dans l'âme de Jean, et dans l'âme de Bettina. Lui, épou- vanté, s'était brusquement rejeté en arrière. Elle, au con- traire, s'était laissée aller, dans toute la naïveté de sa pleine innocence, à cet accès d'émotion et d'attendris- sement.

Elle attendait l'amour... si c'était l'amour! L'homme qui devait être sa pensée, sa vie, son âme, si c'était lui, ce Jean! Pourquoi non? Elle le connaissait mieux qu'elle ne connaissait tous ceux qui, depuis un an, avaient tour- billonné autour de sa fortune, et dans ce qu'elle savait de lui, rien n'était fait pour décourager la confiance et l'amour d'une honnête fille. Loin de là!

Tous deux, en somme, faisaient bien, tous deux étaient dans le devoir et dans la vérité : elle, en se livrant; lui, en résistant; elle, en ne songeant pas une minute à l'obs- curité de Jean; lui, en reculant devant cette montagne de millions, comme il aurait reculé devant un crime; elle, en pensant qu'elle n'avait pas le droit de discuter avec l'amour; lui, en pensant qu'il n'avait pas le droit de dis- cuter avec l'honneur...

Voilà pourquoi, à mesure que Bettina se faisait plus tendre et s'abandonnait avec plus de franchise, Jean devenait, de jour en jour, plus sombre et plus agité. Il n'avait pas seulement peur d'aimer; il avait peur d'être aimé.

Il aurait dû rester chez lui, ne pas venir... Il avait essayé, il n'avait pas pu... La tentation était trop forte et l'empor- tait. Il arrivait donc... Elle venait aussitôt à lui, les mains

tendues, le sourire aux lèvres et le cœur dans les yeux.
Tout en elle disait : « Essayons de nous aimer, et, si nous
pouvons, aimons-nous ! »

La peur le prenait. Ces deux mains qui allaient au-
devant de l'étreinte de ses deux mains, c'est à peine s'il
osait les toucher. Il tâchait d'échapper à ce regard qui,
tendre et riant, inquiet et curieux, cherchait son regard.
Il tremblait devant la nécessité de parler à Bettina, devant
la nécessité de l'entendre.

Jean allait partir pour une vingtaine de jours ; à son
retour, si cela était encore nécessaire, il lui ferait un peu
de morale et saurait s'y prendre de telle manière, que
l'amour ne viendrait pas se jeter sottement à la traverse de
leur amitié.

Donc Jean partait le lendemain... Bettina avait insisté
de toutes ses forces pour qu'il vînt passer cette journée à
Longueval et pour qu'il dînât au château. Jean avait
refusé, alléguant ses occupations à la veille de ce départ. Il
arriva le soir, vers dix heures et demie ; il était venu à pied ;
à plusieurs reprises, sur la route, il avait failli retourner
sur ses pas.

— Si j'avais du courage, se disait-il, je ne la reverrais
pas. Je pars demain et ne reviendrai plus à Souvigny,
tant qu'elle y sera... Ma résolution est prise et bien prise.

Mais il continua son chemin ; il voulait la voir encore...
pour la dernière fois.

Dès qu'il entra dans le salon, Bettina accourut au-devant
de lui :

— C'est vous, enfin !... Comme il est tard !

— J'ai été très occupé.

— Et vous partez demain ?

— Oui, demain.

— De bonne heure?

— A cinq heures du matin.

— Vous vous en irez par la route qui longe le mur du parc et traverse ensuite le village?

— Oui, c'est bien par cette route-là que nous partons.

— Pourquoi est-ce d'aussi grand matin? Je serais allée vous voir passer et vous dire adieu du haut de la terrasse.

Bettina tenait et gardait dans sa main la main de Jean, qui était brûlante. Celui-ci se dégagea douloureusement, par un effort.

— Il faut, dit-il, que j'aille saluer votre sœur.

— Tout à l'heure!... elle ne vous a pas vu... il y a dix personnes autour d'elle... Venez vous asseoir un peu, là, près de moi.

Il fut obligé de s'asseoir à ses côtés.

— Nous aussi, dit-elle, nous allons partir.

— Vous?

— Oui, nous avons reçu, il y a une heure, une dépêche de mon beau-frère qui nous a causé une bien grande joie. Il ne devait revenir que dans un mois; il revient dans douze jours; il s'embarque après-demain matin à New-York sur le *Labrador*... Nous irons l'attendre au Havre... Nous partirons après-demain. Nous emmenons les enfants. Cela leur fera du bien, de passer une dizaine de jours au bord de la mer... Comme il sera content, mon beau-frère, de vous connaître!... De vous connaître?... Il vous connaît déjà. Nous lui avons parlé de vous dans toutes nos lettres. Je suis sûre que vous vous entendrez à merveille avec lui. Il est excellent... Vous resterez là-bas combien de temps?

— Vingt jours.

— Vingt jours... dans un camp?

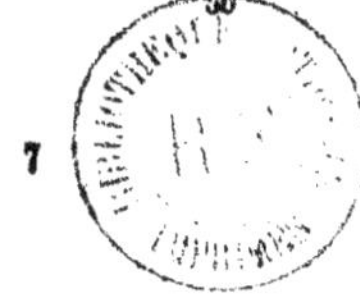

— Oui, mademoiselle, le camp de Cercottes.

— Au milieu de la forêt d'Orléans. Je me suis fait expliquer cela ce matin par votre parrain. Je suis heureuse assurément d'aller au-devant de mon beau-frère, mais, en même temps, je suis un peu fâchée de partir; sans cela, tous les matins, j'aurais fait une petite visite à votre parrain... Il m'aurait donné de vos nouvelles. Voulez-vous, dans une dizaine de jours, écrire à ma sœur une toute petite lettre de quatre lignes, — cela ne vous prendra pas beaucoup de temps, — pour lui dire comment vous vous portez et pour lui dire aussi que vous ne nous oubliez pas?

— Oh! quant à vous oublier... quant à perdre le souvenir de votre grâce, de votre bonté... jamais! mademoiselle! jamais!

Sa voix était tremblante. Il eut peur de son émotion. Il se leva.

— Je vous assure, mademoiselle, qu'il faut que j'aille saluer votre sœur... Elle me regarde... Elle doit être étonnée...

Il traversa le salon. Bettina le suivait des yeux. Madame Norton venait de s'installer au piano pour faire valser les jeunes gens. Paul de Lavardens s'approcha de miss Percival :

— Voulez-vous me faire l'honneur, mademoiselle?...

— Mon Dieu, répondit-elle, je crois bien que je viens de promettre à monsieur Jean.

— Enfin, si ce n'est pas lui... ce sera moi.

— C'est entendu.

Bettina s'en alla vers Jean, qui venait de s'asseoir près de madame Scott.

— J'ai fait un gros mensonge, lui dit-elle. M. de Lavardens est venu m'inviter, et je lui ai répondu que je vous

avais promis cette valse... Oui, n'est-ce pas? vous voulez
bien.

Jean se sentait à bout de forces... Il n'osa pas accepter.

— Je suis désolé, mademoiselle. Je ne peux pas... je
suis souffrant ce soir. J'ai tenu à venir, pour ne pas partir
sans vous avoir fait mes adieux; mais danser, non, je ne
pourrais pas.

Madame Norton venait d'attaquer le prélude de la valse.

— Eh bien, dit Paul arrivant tout joyeux, est-ce lui,
mademoiselle? est-ce moi?

— C'est vous, dit-elle tristement, sans quitter Jean des
yeux.

Elle était très troublée et répondit cela sans trop savoir
ce qu'elle disait. Elle regretta tout de suite d'avoir accepté.
Elle aurait voulu rester là, près de lui... Mais il était trop
tard. Paul la prit par la main, et l'entraîna.

Jean s'était levé. Il les regardait tous les deux, Bettina
et Paul. Un nuage lui passa devant les yeux. Il souffrait
cruellement.

— Je n'ai qu'une chose à faire, se dit-il, profiter de cette
valse et partir... Demain matin, j'écrirai quelques lignes à
madame Scott pour m'excuser.

Il gagna la porte... Il ne regardait plus Bettina... S'il
l'avait regardée, il serait resté.

Mais Bettina le regardait, et, tout d'un coup, elle dit à
Paul :

— Je vous remercie beaucoup, monsieur, mais je suis
un peu lasse... Arrêtons-nous, je vous prie... Vous me
pardonnez, n'est-ce pas?

Paul lui offrit le bras.

— Non, je vous remercie, dit-elle.

La porte venait de se refermer. Jean n'était plus là.

Bettina traversa le salon en courant. Paul resta seul, fort
étonné, ne comprenant rien à ce qui se passait.

Jean était déjà sur le perron, lorsqu'il s'entendit appeler :

— Monsieur Jean ! monsieur Jean !

5   Il s'arrêta, se retourna. Elle était près de lui.

— Vous partez... sans me dire adieu !

— Je vous demande pardon, je suis très fatigué,

— Alors, ne vous en allez pas ainsi à pied. Le temps est
menaçant.

10   Elle étendit la main au dehors.

— Tenez, il pleut déjà.

— Oh ! à peine.

— Venez prendre une tasse de thé dans le petit salon,
seul avec moi, et je vous ferai reconduire en voiture.

15   Et, se retournant vers l'un des valets de pied :

— Dites que l'on attelle un coupé tout de suite.

— Non, mademoiselle, je vous en prie. Le grand air
me remettra... j'ai besoin de marcher... Laissez-moi partir.

Sans même lui tendre la main, il se sauva et descendit
20 rapidement les marches du perron.

— Si je touche sa main, se disait-il, je suis perdu, mon
secret m'échappe.

Son secret ! Il ne savait pas que Bettina lisait dans son
cœur comme dans un livre grand ouvert.

25   Lorsque Jean fut arrivé au bas du perron, il eut un
court moment d'hésitation. Cette phrase était sur ses lèvres :

— Je vous aime ! je vous adore ! Et c'est pour cela que
je ne veux plus vous voir !

Mais, cette phrase, il ne la prononce pas, il s'éloigne, il
30 se perd bientôt dans la nuit... Bettina reste là, sur le perron,
dans l'encadrement lumineux de la porte. De grosses
gouttes de pluie chassées par le vent viennent cingler :es

épaules nues et la font frissonner; elle n'y prend garde;
elle entend distinctement battre son cœur.

— Je savais bien qu'il m'aimait, se dit-elle; mais je
suis bien sûre maintenant que moi aussi... oh! oui... moi
aussi...

Tout d'un coup, dans l'une des grandes glaces de la
porte, elle voit le reflet des deux valets de pied qui se tien-
nent debout, immobiles, près de la table de chêne du vestibule. Bettina fait quelques pas dans la direction du
salon... Elle entend des éclats de rire et la valse qui continue. Elle s'arrête. Elle veut être seule, et, s'adressant à
l'un des domestiques :

— Allez dire à madame que j'étais fatiguée, que je suis
remontée chez moi.

Annie, sa femme de chambre, sommeillait dans un fauteuil. Elle la renvoie... Elle se déshabillera elle-même.
Elle se laisse tomber sur un divan. Elle éprouve un acca-
blement délicieux.

La porte de sa chambre s'ouvre. C'est madame Scott.

— Vous êtes souffrante, Bettina?

— Ah! Suzie, c'est vous, ma Suzie! Comme vous avez
eu raison de venir!... Asseyez-vous tout près de moi.

Elle se blottit comme un enfant dans les bras de sa
sœur, puis, soudainement, éclate en sanglots, en gros sanglots qui l'étouffent, la suffoquent.

— Bettina, ma chérie, qu'est-ce que vous avez?

— Rien, rien... ce sont les nerfs... c'est la joie!

— La joie?

— Oui... oui... attendez... mais laissez-moi pleurer un
peu. Cela me fait tant de bien!... N'ayez pas peur surtout...
n'ayez pas peur.

Sous les baisers de sa sœur, Bettina se calme, s'apaise.

— C'est fini, c'est fini, et je vais vous dire... J'ai à vous parler de Jean.

— Jean! vous l'appelez Jean?

— Oui, je l'appelle Jean... N'avez-vous pas remarqué, depuis quelque temps, comme il était triste et comme il avait l'air malheureux?

— Oui, en effet.

— Il m'aime.

— Vous?

— Oui, moi! Écoutez bien... C'est à peine s'il osait me regarder. Il m'évitait, il me fuyait... Il avait peur de moi, peur évidemment. Eh bien, là, en bonne justice, suis-je à faire peur? Non, n'est-ce pas?

— Assurément non.

— Ah! c'est que ce n'était pas de moi qu'il avait peur, c'était de mon argent, de mon affreux argent! Cet argent qui les attire tous, les autres, et les tente si fort, cet argent l'effraye, lui, et le désespère... parce qu'il n'est pas comme les autres, lui, parce que...

— Ma chérie, prenez garde, vous vous trompez peut-être...

— Oh! non, non, je ne me trompe pas. Tout à l'heure, sur le perron, il partait, il m'a dit quelques paroles. Ces paroles n'étaient rien... mais si vous aviez vu son trouble, malgré tous ses efforts pour se contraindre!... Suzie, ma Suzie, par la tendresse que je vous porte, et Dieu sait quelle est cette tendresse ! voici ma conviction, mon absolue conviction : si, au lieu d'être miss Percival, j'avais été une pauvre petite fille sans argent, tout à l'heure Jean m'aurait pris la main et m'aurait dit qu'il m'aimait, et, s'il m'avait ainsi parlé, savez-vous ce que je lui aurais répondu?

— Que vous l'aimiez, vous aussi.

— Oui, et voilà pourquoi je suis si heureuse.

— Bettina, je suis inquiète de vous voir dans cette exaltation. Je veux bien que M. Reynaud ait pour vous beaucoup d'affection... beaucoup d'amour, si vous voulez. Quant
à Jean, — cela se gagne décidément, voilà que, moi aussi,
je l'appelle Jean, — eh bien, vous savez ce que je pense
de lui. Bien souvent, toutes les deux, depuis un mois, nous
avons eu occasion de nous dire... Je le place très haut,
très haut... Mais enfin, malgré cela, est-ce bien le mari
qui vous convient?

— Oui, si je l'aime.

— J'essaye de vous parler raison et vous me parlez toujours... J'ai, Bettina, une expérience que vous ne pouvez
pas avoir... Comprenez-moi bien... Dès notre arrivée à
Paris, nous avons été lancées dans un monde très animé,
très brillant, très aristocratique... vous pourriez être déjà,
si vous l'aviez voulu, marquise ou princesse...

— Oui, mais je ne l'ai pas voulu.

— Vous sera-t-il tout à fait indifférent de vous appeler
madame Reynaud?

— Absolument, si je l'aime...

— Ah! vous revenez toujours...

— C'est que c'est la vraie question, il n'y en a pas
d'autre... et je veux être raisonnable à mon tour. Cette
question, je vous accorde qu'elle n'est pas tout à fait réso-
lue, et que je me suis peut-être un peu trop vite monté la
tête. Vous voyez comme je suis raisonnable. Jean part
demain. Je ne le reverrai que dans vingt jours. Je vais,
pendant ces vingt jours, avoir tout le temps de m'interroger, de me consulter, de bien savoir, enfin, ce qui se
passe en moi. Sous mes airs évaporés, je suis sérieuse et
réfléchie... Vous le reconnaissez?

— Oui, je le reconnais.

— Eh bien, je vous adresse cette prière comme je
l'adresserais à notre mère, si elle était là. Si, dans vingt
jours, je vous dis : « Suzie, je suis certaine de l'aimer ! »
me permettrez-vous d'aller à lui, moi-même, toute seule, et
de lui demander s'il me veut pour femme? C'est ce que
vous avez fait avec Richard... Dites, Suzie, me le permettrez-vous?

— Oui, je vous le permettrai.

Bettina embrasse sa sœur et lui murmure ces deux mots
à l'oreille :

— Merci, maman!

— Maman! maman! c'est ainsi que vous m'appeliez,
quand vous étiez une enfant... quand nous étions seules
au monde, toutes les deux, quand je vous déshabillais le
soir, à New-York, dans notre pauvre chambre, quand je
vous tenais dans mes bras, quand je vous couchais dans
votre petit lit, quand je vous chantais des chansons pour
vous endormir. Et, depuis lors, Bettina, je n'ai eu qu'un
désir au monde, votre bonheur. C'est pour cela que je vous
demande de bien réfléchir. Ne me répondez pas... ne parlons plus de cela. Je veux vous laisser bien calme, bien
tranquille. Vous avez renvoyé Annie... Voulez-vous que,
ce soir encore, je sois votre petite maman, que je vous
déshabille, que je vous couche comme autrefois?

— Oui, je le veux bien.

Dix minutes après, la jolie tête de Bettina reposait doucement parmi les broderies et les dentelles. Suzie disait à
sa sœur :

— Je vais en bas retrouver tout ce monde qui m'ennuie
beaucoup ce soir. Avant de rentrer chez moi, je viendrai
voir si vous dormez. Ne parlez pas... Endormez-vous.

Elle sortit. Bettina resta seule. Elle fut honnête. Elle
fit, pour s'endormir, les efforts les plus sincères. Elle n'y
réussit qu'à moitié. Elle tomba dans un demi-sommeil,
dans un engourdissement qui la laissa flottante entre le
rêve et la réalité. Elle avait promis de ne penser à rien et 5
elle pensait à lui cependant, toujours à lui, rien qu'à lui,
mais vaguement, confusément. Combien de temps se passa,
elle n'aurait su le dire. Tout à coup, il lui sembla qu'on
marchait dans sa chambre; elle entr'ouvrit les yeux et crut
reconnaître sa sœur. D'une voix tout ensommeillée, elle lui 10
dit :

— Vous savez? je l'aime.

— Chut... Dormez! dormez!

— Je dors... je dors.

Elle s'endormit pour tout de bon; moins profondément 15
cependant qu'à l'ordinaire, car, vers quatre heures du
matin, un bruit la réveilla en sursaut qui, la veille, n'aurait aucunement troublé son sommeil. Une pluie tombait,
torrentielle, et venait battre contre les deux grandes fenêtres de la chambre de Bettina.   20

— Oh! la pluie, se dit-elle; il va être mouillé!

Ce fut sa première pensée. Elle se lève, traverse la
chambre, pieds nus, entr'ouvre un volet. Le jour était venu,
gris, bas, lourd; le ciel était chargé d'eau; le vent soufflait
en tempête et faisait, par rafales, tourbillonner la pluie. 25

Bettina ne se recouche pas. Elle sent qu'il lui serait tout
à fait impossible de se rendormir. Elle met un peignoir et
reste là devant la fenêtre; elle regarde tomber la pluie.
Puisqu'il faut absolument qu'il s'en aille, elle aurait voulu
qu'il s'en allât par un beau temps, sous un grand soleil 30
éclairant sa première étape.

En arrivant à Longueval, il y a un mois, Bettina ne

savait pas ce que c'était qu'une étape. Elle le sait aujour-
d'hui. Une étape d'artillerie est une course de trente à quarante kilomètres, avec une heure de halte pour déjeuner.
C'est l'abbé Constantin qui lui a appris cela ; pendant leurs
5 tournées du matin chez les pauvres, Bettina accable le
curé de questions sur les choses militaires et tout particu-
lièrement sur le service de l'artillerie.

Huit ou dix lieues sous cette pluie battante ! Pauvre
Jean ! Bettina pense au petit Turner, au petit Norton, à
10 Paul de Lavardens, qui vont dormir bien tranquillement
jusqu'à dix heures du matin, pendant que Jean recevra ce
déluge.

Paul de Lavardens ! Ce nom réveille en son esprit un
souvenir qui lui est douloureux, le souvenir de ce tour de
5 valse, la veille... Avoir ainsi dansé, lorsque le chagrin de
Jean était manifeste ! Ce tour de valse prend aux yeux de
Bettina les proportions d'un crime : c'est horrible, ce qu'elle
a fait !

Et ensuite n'a-t-elle pas manqué de courage et de fran-
20 chise dans ce dernier entretien avec Jean ? Lui, ne pouvait,
n'osait rien dire ; mais elle aurait dû montrer plus de tendresse, plus d'abandon. Triste et souffrant comme il était,
jamais elle n'aurait dû lui permettre de s'en aller à pied.
Il fallait le retenir, le retenir à tout prix. L'imagination de
25 Bettina travaille et s'exalte. Jean a dû emporter cette
impression qu'elle était une mauvaise petite créature, sans
cœur et sans pitié.

Et dans une demi-heure il va partir, partir pour vingt
jours... Ah ! si elle pouvait, par un moyen quelconque !...
30 Mais ce moyen, il existe... Le régiment va défiler le long
du mur du parc, sous la terrasse. Voilà Bettina prise d'une
envie folle d'aller voir passer Jean. Il comprendra bien, en

l'apercevant, là, à une pareille heure, qu'elle vient lui
demander pardon de ses cruautés de la veille. Oui, elle
ira!... Mais elle a promis à Suzie d'être sage comme une
image, et faire ce qu'elle va faire, est-ce bien être sage
comme une image? Elle en sera quitte pour tout avouer à
Suzie, en rentrant, et Suzie pardonnera.

Elle ira! elle ira! Seulement comment s'habiller? Elle
n'a sous la main qu'une robe de bal, un peignoir de mousseline, de petites mules à talons et des souliers de bal en
satin bleu. Réveiller sa femme de chambre, jamais elle
n'oserait... et puis le temps presse... cinq heures moins un
quart! Le régiment part à cinq heures.

Elle peut se tirer d'affaire avec le peignoir de mousseline
et les souliers de satin; elle trouvera dans le vestibule un
chapeau, ses petits sabots de jardin et le grand manteau
écossais qu'elle met, pour conduire, les jours de pluie.
Elle entr'ouvre sa porte avec des précautions infinies; tout
dort dans le château, elle se glisse le long des murs, dans
les couloirs; elle descend l'escalier.

Pourvu que les petits sabots soient bien là, à leur place!
C'est sa grande préoccupation. Les voici. Elle les attache
par-dessus les souliers de bal, elle s'enveloppe dans le
grand manteau. Elle entend que la pluie, au dehors,
redouble de violence. Elle aperçoit un de ces immenses
parapluies d'antichambre dont se servent les valets de pied
quand ils montent sur le siège; elle s'en empare, elle est
prête... mais, quand elle veut sortir, elle s'aperçoit que la
porte-fenêtre du vestibule est fermée par une grosse barre
de fer. Elle tâche de l'enlever; mais la barre de fer tient
bon, résiste, et le grand cartel du vestibule fait entendre
lentement cinq coups. Il part en ce moment!

Elle veut le voir! elle veut le voir! Sa volonté s'irrite

avec les obstacles. Elle fait un grand effort. La barre cède,
glisse dans les rainures... Mais Bettina s'est fait à la
main une longue estafilade qui laisse voir un mince filet
de sang. Bettina tamponne son mouchoir autour de sa
5 main; elle prend son grand parapluie, elle tourne la
clef dans la serrure, elle ouvre la porte. Enfin! la voilà
dehors!

Le temps est épouvantable. Le vent et la pluie font rage.
Il faut cinq ou six minutes pour gagner cette terrasse, qui
10 a vue sur la route. Bettina se lance en avant, courageuse-
ment, tête baissée, enfouie sous son immense parapluie.
Elle a déjà fait une cinquantaine de pas. Tout à coup,
furieuse, folle, aveuglante, une bourrasque se jette sur
Bettina, s'engouffre dans son manteau, l'entraîne, la sou-
15 lève, lui fait presque quitter terre, retourne violemment le
parapluie. Ce n'est rien encore. Le désastre est complet.
Bettina a perdu un de ses petits sabots... Ce n'étaient pas
des sabots sérieux, c'étaient de mignons petits sabots pour
le beau temps.
20 Et, en ce moment, lorsque Bettina, désespérée, lutte contre
la tempête, avec son soulier de satin bleu qui plonge dans
le sable mouillé, en ce moment, le vent lui apporte l'écho
lointain d'une sonnerie de trompettes. C'est le régiment
qui part! Bettina prend une grande résolution : elle aban-
25 donne le parapluie, rattrape son petit sabot, le rattache
tant bien que mal, et part en courant avec un déluge sur
la tête.

Enfin, elle est sous bois; les arbres la protègent un peu.
Encore une sonnerie, plus rapprochée cette fois. Bettina
30 croit entendre le roulement des voitures. Elle fait un dernier effort. Voici la terrasse... Elle est arrivée... Il était
temps! Elle aperçoit, à vingt mètres, les chevaux blancs

des trompettes, et, sur la route, elle voit onduler vaguement, dans le brouillard, la longue file des canons et des caissons. Elle s'abrite sous un des vieux tilleuls qui bordent la terrasse. Elle regarde, elle attend. Il est là, parmi cette masse confuse de cavaliers. Pourra-t-elle le reconnaître? Et lui, la verra-t-il? Quelque hasard lui fera-t-il tourner la tête de ce côté?

Bettina sait qu'il est lieutenant à la deuxième batterie de son régiment; elle sait qu'une batterie se compose de six canons et de six caissons. C'est encore l'abbé Constantin qui lui a appris cela. Il faut donc laisser passer la première batterie, c'est-à-dire compter six canons, six caissons, et ensuite ce sera lui...

C'est lui, en effet, enveloppé dans son grand manteau, et c'est lui qui, le premier, la voit, la reconnaît. Quelques instants auparavant, il s'était rappelé une longue promenade qu'il avait faite avec elle, un soir, à la nuit tombante, sur cette terrasse. Il avait levé les yeux, et, à cette place même où il se souvenait de l'avoir vue, c'était elle qu'il avait retrouvée.

Il la salue, et, tête nue, sous la pluie, se tournant sur son cheval à mesure qu'il s'éloigne, tant qu'il peut l'apercevoir, il la regarde. Il se redisait ce qu'il s'était déjà dit la veille :

— C'est la dernière fois!

Elle, avec un geste des deux mains, lui envoyait ses adieux, et ce geste, plusieurs fois répété, amenait ses mains si près, si près de ses lèvres, qu'on aurait pu croire...

— Ah! se disait-elle, si, après cela, il ne comprend pas que je l'aime et s'il ne me pardonne pas mon argent!...

IX.

C'est le 10 août, le jour qui doit ramener Jean à
Longueval.

Bettina se réveille de très bonne heure, se lève, court
tout de suite à la fenêtre. Un grand soleil perce et déjà
5 dissipe les vapeurs du matin. Le ciel, la veille au soir, était
menaçant, chargé de nuages, Bettina a peu dormi, et toute
la nuit, elle se disait :

— Pourvu qu'il ne pleuve pas demain matin!

Il va faire un temps admirable. Bettina est un peu
10 superstitieuse. Cela lui donne bon espoir et bon courage.
La journée commence bien, elle finira bien.

M. Scott est revenu depuis quelques jours. Bettina l'attendait sur le quai au Havre, à l'arrivée du paquebot, avec
Suzie et les enfants.

15 On s'est embrassé tendrement à plusieurs reprises. Puis
Richard, s'adressant à sa belle-sœur :

— Eh bien, dit-il en riant, à quand le mariage?

— Quel mariage?

— Avec M. Jean Reynaud.

20 — Ah! ma sœur vous a écrit?

— Suzie? Aucunement... Suzie ne m'a pas dit un mot..
C'est vous, Bettina, qui m'avez écrit. Dans toutes vos lettres,
depuis deux mois, il n'est question que de ce jeune officier.

— Dans toutes mes lettres?

25 — Oui, oui... et vous m'écriviez plus souvent et plus
longuement qu'à l'ordinaire. Je ne m'en plains pas; mais,
enfin, je vous demande quand vous me présenterez mon
beau-frère.

Il plaisante en parlant ainsi, mais Bettina lui répond :

— Bientôt, j'espère.

M. Scott apprend que l'affaire est sérieuse. Au retour, en wagon, Bettina a redemandé ses lettres à Richard. Elle les relit. C'est de lui, en effet, qu'à chaque page il est question dans ces lettres ! Elle retrouve là, racontée dans ses moindres détails, la première rencontre. Voici le portrait de Jean dans le jardin du presbytère, avec son chapeau de paille et son saladier de faïence... et puis encore monsieur Jean, toujours monsieur Jean ! Elle découvre qu'elle l'aime depuis beaucoup plus longtemps qu'elle ne le pensait.

Donc c'est le 10 août. Le déjeuner vient de finir au château. Harry et Bella sont impatients. Ils savent que le régiment doit, entre une heure et deux, traverser le village. On leur a promis de les mener voir passer les soldats, et, pour eux aussi bien que pour Bettina, le retour du 9° d'artillerie est un grand événement.

— Tante Betty, dit Bella, tante Betty, viens avec nous.

— Oui, viens, dit Harry, viens ; nous verrons notre ami Jean sur son grand cheval gris.

Bettina résiste, refuse, et cependant quelle tentation ! Mais non, elle n'ira pas, elle ne reverra Jean que le soir, pour cette explication décisive, à laquelle, depuis vingt jours, elle se prépare.

Les enfants partent avec leurs gouvernantes. Bettina, Suzie et Richard vont s'asseoir dans le parc, tout près du château, et, dès qu'ils sont installés :

— Suzie, dit Bettina, je vais aujourd'hui vous rappeler votre promesse. Vous vous souvenez de ce qui s'est passé entre nous, le soir de son départ. Il a été convenu que si, le jour de son retour, je vous disais : « Suzie, je suis sûre

de l'aimer ! » il a été convenu que vous me permettriez de
m'adresser à lui franchement et de lui demander s'il voulait de moi pour femme.

— Oui, je vous l'ai promis. Mais êtes-vous bien sûre?...

— Absolument sûre. Je vous préviens donc que j'ai l'intention de lui tenir à peu près le langage que vous avez
tenu autrefois à Richard... Cela vous a réussi, Suzie...
vous êtes parfaitement heureuse. Et moi aussi, je veux
l'être ! Richard, Suzie vous a parlé de M. Reynaud.

— Oui, et elle m'a dit que d'aucun homme elle ne pensait plus de bien ; mais...

— Mais elle vous a dit aussi que c'était peut-être pour
moi un mariage un peu tranquille, un peu bourgeois...
Oh! méchante sœur! Croiriez-vous, Richard, que je ne
puis lui ôter cette crainte de la tête. Elle ne comprend pas
que je veux, avant tout, aimer et être aimée. Croiriez-vous
Richard, qu'elle m'a tendu, la semaine dernière, un piège
horrible ! Vous savez, il y a, de par le monde, un prince
Romanelli?

— Oui, vous auriez pu être princesse.

— Cela n'aurait pas rencontré, je crois, d'immenses
difficultés... Eh bien, un jour, j'avais eu l'imprudence de
dire à Suzie que le prince Romanelli, à la rigueur, me
paraissait acceptable. Imaginez-vous ce qu'elle a fait? Les
Turner étaient à Trouville. Suzie a tramé un petit com-
plot... On m'a fait déjeuner avec le prince... mais le
résultat a été désastreux... Acceptable!... Les deux heures
que j'ai passées avec lui, je les ai passées à me demander
comment j'avais jamais pu dire une telle parole... Non,
Richard, non, Suzie, je ne veux être ni princesse, ni comtesse, ni marquise. Je veux être madame Jean Reynaud...
si M. Jean Reynaud le veut bien... et cela n'est pas certain.

Le régiment entrait dans le village, et brusquement une
fanfare éclata, martiale et joyeuse, à travers l'espace. Tous
les trois restèrent silencieux. C'était le régiment, c'était
Jean qui passait... La sonorité diminua, s'éteignit, et
Bettina reprenant :   5

— Non, cela n'est pas certain. Il m'aime cependant, et
beaucoup, mais sans trop savoir ce que je suis. Je pense
que je mérite d'être aimée autrement, je pense que je ne
lui causerais pas une semblable frayeur s'il me connaissait mieux, et c'est pour cela que je vous demande 10
la permission de lui parler ce soir, librement, à cœur
ouvert.

— Nous vous l'accordons, répondit Richard, nous vous
l'accordons tous les deux... Nous savons que vous ne ferez
jamais rien, Bettina, que de noble et de généreux.   15

— J'essayerai, tout au moins.

Les enfants reviennent en courant. Ils ont vu Jean; il
était tout blanc de poussière; il leur a dit bonjour.

— Seulement, ajouta Bella, il n'a pas été gentil, il ne
s'est pas arrêté pour nous parler... il s'arrête ordinaire- 20
ment, et, ce matin, il n'a pas voulu.

— Si, il a voulu, répond Harry, car il a fait d'abord un
mouvement comme ça... et puis il n'a plus voulu, il est
reparti.

— Enfin, il ne s'est pas arrêté, et c'est si amusant de 25
causer avec un militaire, surtout quand il est à cheval!

— Ce n'est pas ça seulement, c'est que nous l'aimons
bien monsieur Jean. Si tu savais, papa, comme il est bon,
comme il sait bien jouer avec nous!

— Et comme il fait des beaux dessins!... Harry, tu te 30
rappelles pas, ce grand polichinelle qui était si drôle avec
son bâton?...

Les deux enfants s'éloignent en parlant de leur ami Jean.

— Décidément, dit M. Scott, tout le monde l'aime dans la maison.

— Et vous ferez comme tout le monde, quand vous le connaîtrez, répond Bettina.

Le régiment a pris le trot sur la grande route, au sortir du village... Voici la terrasse où Bettina se trouvait l'autre matin... Jean se dit : « Si elle était là! » Il le redoute et l'espère en même temps... Il lève la tête, il regarde... Elle n'y est pas!

Il ne l'a pas revue! Il ne la reverra pas... de longtemps au moins. Il va partir, le soir même, à six heures, pour Paris. Un des directeurs du ministère de la guerre s'intéresse à lui. Il va tâcher de se faire envoyer dans un autre régiment.

Jean a beaucoup réfléchi là-bas, seul, à Cercottes, et voici quel a été le résultat de ses réflexions : il ne peut pas, il ne doit pas être le mari de Bettina!

Les hommes mettent pied à terre dans la cour du quartier. Jean prend congé de son colonel et de ses camarades. Tout est fini. Il est libre, il pourrait partir... Il ne part pas cependant. Il regarde autour de lui... Comme il était heureux, trois mois auparavant, lorsqu'il sortait de cette grande cour, à cheval, dans le fracas des canons roulant sur le pavé de Souvigny! Comme il va en sortir tristement aujourd'hui! Sa vie autrefois était là... où sera-t-elle maintenant?

Il rentre, il monte chez lui. Il écrit à madame Scott; il lui dit que, pour affaires de service, il est obligé de partir à l'instant même; il ne pourra pas dîner au château; il prie madame Scott de le rappeler au souvenir de mademoiselle Bettina... Bettina!... Ah! qu'il a eu de peine

à écrire ce nom!... Il ferme sa lettre... Il l'enverra tout
à l'heure.

Il fait ses préparatifs de départ. Ensuite il ira dire adieu
à son parrain. C'est là ce qui lui coûte le plus... Il ne lui
parlera que d'une absence de peu de durée. 5

Il ouvre un des tiroirs de son bureau pour y prendre de
l'argent. La première chose qui frappe ses yeux est une
petite lettre sur papier bleuté. C'est le seul billet qu'il ait
reçu d'elle :

« Voulez-vous avoir la bonté de remettre au porteur le 10
livre dont vous m'avez parlé hier soir? Il sera peut-être un
peu sérieux pour moi... Je voudrais cependant essayer de
le lire... A tout à l'heure. Venez le plus tôt possible. »

C'est signé : *Bettina*. Jean lit et relit ces quelques lignes...
Mais bientôt il ne peut plus lire... Ses yeux sont troubles. 15

— C'est tout ce qui me restera d'elle! se dit-il.

Au même moment, l'abbé Constantin est en tête à tête
avec Pauline. Ils font leurs comptes. La situation financière
est admirable. Plus de deux mille francs en caisse ! Et les
vœux de Suzie et de Bettina sont comblés : il n'y a plus 20
de pauvres dans le pays. La vieille Pauline a même, par
instants, de légers scrupules de conscience.

— Voyez-vous, monsieur le curé, dit-elle, nous donnons
peut-être un peu trop. Ça commence à se répandre dans
les autres communes qu'on fait ici la charité à bureau 25
ouvert. Et savez-vous ce qui arrivera un de ces jours? On
viendra s'établir pauvre à Longueval.

Le curé donne cinquante francs à Pauline; elle sort
pour aller les porter à un pauvre homme qui s'est cassé le
bras, en tombant du haut d'une charrette de foin. 30

L'abbé Constantin reste seul au presbytère. Il est sou-
cieux. Il a guetté le régiment au passage; mais Jean ne

s'est arrêté qu'un instant; il avait l'air triste. Depuis
quelque temps déjà, l'abbé s'en est bien aperçu, Jean n'a
plus sa bonne humeur et sa gaieté d'autrefois. Le curé ne
s'en était pas trop inquiété croyant à un de ces petits chagrins de jeunesse qui ne regardaient pas un pauvre vieux
bonhomme de prêtre. Mais la préoccupation de Jean était,
ce jour-là, très marquée.

— Je viendrai tout à l'heure, mon parrain, avait-il dit
au curé; j'ai besoin de vous parler.

Il était parti brusquement. L'abbé Constantin n'avait pas
eu le temps de donner à Loulou son morceau de sucre, ou
plutôt ses morceaux de sucre; car il en avait mis cinq ou
six dans sa poche, considérant que Loulou avait bien mérité
ce régal par dix grands jours d'étapes et par une vingtaine
de nuits passées à la belle étoile. D'ailleurs, depuis l'installation de madame Scott au château, Loulou avait très
souvent plusieurs morceaux de sucre. L'abbé Constantin
devenait dépensier, prodigue; il se sentait millionnaire; le
sucre du cheval de Jean était une de ses folies. Un jour
même, il avait été sur le point d'adresser à Loulou son
éternel petit discours :

— Cela vient des nouvelles châtelaines de Longueval.
Priez pour elles ce soir.

Il était trois heures lorsque Jean arriva au presbytère,
et le curé tout aussitôt :

— Tu m'as dit que tu avais besoin de me parler... De
quoi s'agit-il?

— D'une chose, mon parrain, qui va vous surprendre,
vous chagriner, et qui me chagrine aussi. Je viens vous
faire mes adieux.

— Tes adieux! tu pars?

— Oui, je pars.

— Quand cela?

— Aujourd'hui même... dans deux heures.

— Dans deux heures! mais nous devions diner ce soir au château.

— Je viens d'écrire à madame Scott pour m'excuser... Je suis absolument forcé de partir.

— Tout de suite?

— Tout de suite.

— Et tu vas?

— A Paris.

— A Paris! Pourquoi cette détermination soudaine?

— Pas si soudaine. Il y a longtemps que je songe à ce départ.

— Et tu ne m'en avais rien dit!... Jean, il se passe quelque chose... Tu es un homme et je n'ai plus le droit de te traiter en enfant; mais, enfin, tu sais combien je t'aime... Si tu as des tourments, des ennuis, pourquoi ne pas me les dire? Je pourrais peut-être te donner un bon conseil. Jean, pourquoi vas-tu à Paris?

— J'aurais voulu ne pas vous le dire... Cela va vous faire de la peine... mais vous avez le droit de savoir... Je vais à Paris pour demander à être envoyé dans un autre régiment.

— Dans un autre régiment?... quitter Souvigny?

— Oui, précisément, quitter Souvigny... pour quelque temps, pour peu de temps; mais enfin quitter Souvigny, c'est cela que je veux, c'est cela qui est nécessaire.

— Et moi, Jean, tu ne penses donc pas à moi?... Pour peu de temps!... Peu de temps! mais c'est ce qui me reste à vivre, peu de temps. Et, pendant ces derniers jours que je dois à la grâce de Dieu, c'était mon bonheur, Jean, oui, c'était mon bonheur de te sentir là, près de moi. Et tu t'en

irais! Jean, attends un peu, patiente, ça ne sera pas bien
long; attends que le bon Dieu m'ait rappelé à lui, attends
que je sois allé retrouver là, à côté, et ton père, et ta
mère... Ne t'en va pas, Jean, ne t'en va pas.

— Si vous m'aimez, moi aussi je vous aime... et vous
le savez bien...

— Oui, je le sais.

— J'ai pour vous cette même tendresse que j'avais
quand j'étais tout petit, quand vous m'avez recueilli,
quand vous m'avez élevé. Mon cœur n'a pas changé, ne
changera jamais... Mais si le devoir, si l'honneur m'obli-
gent à partir...

— Ah! si c'est le devoir, si c'est l'honneur... Je ne dis
plus rien, Jean... Tout passe après cela, tout, tout! Je
t'ai toujours connu bon juge de ton devoir, bon juge de
ton honneur... Pars, mon enfant, pars. Je ne te demande
rien. Je ne veux rien savoir.

— Eh bien, moi, je veux tout vous dire, s'écria Jean,
vaincu par son émotion. Aussi bien vaut-il mieux que
vous sachiez tout. Vous restez ici, vous, vous retournerez
au château... vous la reverrez... elle!

— Qui... elle?

— Bettina!

— Bettina?

— Je l'adore, mon parrain, je l'adore!

— O mon pauvre enfant!

— Pardonnez-moi de vous parler de ces choses... mais
je vous les dis comme je les dirais à mon père. Et puis..
je n'ai jamais pu en parler à personne, et cela m'étouffait...
Oui, c'est une folie, qui, peu à peu, s'est emparée de moi,
malgré moi, car vous comprenez bien... Mon Dieu! c'est
ici même que j'ai commencé à l'aimer. Vous savez, quand

elle est venue avec sa sœur... les petits rouleaux de mille francs... ses cheveux qui se sont défaits... et le soir, le mois de Marie?... Puis il m'a été permis de la voir librement, familièrement... et, vous-même, sans cesse, vous me parliez d'elle, vous me vantiez sa douceur, sa bonté. Que de fois vous m'avez dit qu'il n'y avait rien de meilleur au monde!

— Et je le pensais... et je le pense encore... et personne ici ne la connaît mieux que moi, car je suis le seul à l'avoir vue chez les pauvres. Si tu savais, dans nos tournées, le matin, elle est si tendre et si brave! Ni la misère ni la souffrance ne la rebutent... Mais j'ai tort de te dire tout cela...

— Non, non, je ne veux plus la revoir, mais je veux bien entendre parler d'elle.

— Tu ne rencontreras pas dans la vie, Jean, de femme meilleure et qui ait des sentiments plus élevés. A tel point, qu'un jour, — elle m'avait emmené dans une voiture découverte qui était pleine de joujoux, — elle portait ces joujoux à une petite fille malade, et, en les lui donnant, pour la faire rire, cette petite, pour l'amuser, elle lui parlait si gentiment, que je pensais à toi et que je me disais, je m'en souviens maintenant : « Ah! si elle était pauvre! »

— Oui, si elle était pauvre! mais elle ne l'est pas!

— Oh! non... Enfin que veux-tu, mon pauvre enfant! si ça te fait du mal de la voir, de vivre près d'elle, comme il faut, avant tout, que tu ne souffres pas... va-t'en, c'est cela, va-t'en... Et cependant... et cependant..

Le vieux prêtre devint songeur, laissa tomber sa tête dans ses mains, et resta, pendant quelques instants. silencieux; puis il continua :

— Et cependant, Jean, sais-tu à quoi je pense? Je l'ai
beaucoup vue, mademoiselle Bettina, depuis son arrivée à
Longueval. Eh bien, je réfléchis, — cela ne m'étonnait pas
alors, cela me semblait si naturel, que l'on s'intéressât à toi,
— mais enfin, elle parlait de toi, toujours, oui, toujours.

— De moi?

— Oui, et de ton père et de ta mère. Elle était curieuse
de savoir comment tu vivais, elle me demandait de lui
expliquer ce que c'était que l'existence d'un soldat, d'un
vrai soldat aimant son métier et le faisant en conscience.
C'est extraordinaire, depuis que tu m'as dit cela, il se fait
dans ma tête tout un travail de souvenirs. Mille petites
choses se groupent, se rapprochent... Ainsi, elle est
revenue du Havre avant-hier à trois heures. Eh bien, une
heure après son arrivée, elle était ici. Et c'est de toi, tout
de suite, qu'elle m'a parlé. Elle m'a demandé si tu m'avais
écrit, si tu n'avais pas été malade, quand tu arriverais,
à quelle heure, si le régiment passerait par le village.

— Il est inutile, mon parrain, de rechercher tous ces
souvenirs.

— Non, cela n'est pas inutile... Elle paraissait si contente, si heureuse même, de penser qu'elle allait te revoir!
Ce dîner de ce soir, elle s'en faisait une fête... Elle devait
te présenter à son beau-frère, qui est arrivé. Il n'y a personne en ce moment au château, pas un seul invité. Elle
insistait beaucoup sur ce point, — et je me rappelle sa
dernière phrase, — elle était là sur le seuil de la porte :
« Nous ne serons que cinq, m'a-t-elle dit, vous et monsieur
Jean, ma sœur, mon beau-frère et moi. » Et elle a ajouté,
en riant : « Un vrai dîner de famille. » C'est sur ce mot
qu'elle est partie, qu'elle s'est sauvée presque. Un vrai
dîner de famille? Sais-tu ce que je crois, Jean, le sais-tu?

— Il ne faut pas croire cela, mon parrain, il ne faut pas...

— Jean, je crois qu'elle t'aime !

— Et moi aussi, je le crois !

— Toi aussi ?

— Quand je l'ai quittée, il y a vingt jours, elle était si agitée, si émue ! Elle me voyait triste et malheureux. Elle ne voulait pas me laisser partir. C'était sur le perron du château. J'ai dû m'enfuir... oui... m'enfuir. J'allais parler, éclater, tout lui dire. Après avoir fait une cinquantaine de pas, je me suis arrêté, je me suis retourné. Elle ne pouvait plus me voir. J'étais en pleine nuit. Mais je la voyais, moi. Elle était restée, là, immobile, les épaules et bras nus, sous la pluie, regardant du côté où j'étais parti. Peut-être suis-je fou de penser que... Peut-être n'était-ce qu'un sentiment de pitié. Mais non, c'était autre chose que de la pitié, car savez-vous ce qu'elle a fait, le lendemain matin ? Elle est venue, à cinq heures, par un temps effroyable, me voir passer sur la route avec le régiment, et, là, sa façon de me dire adieu... Ah ! mon parrain ! mon parrain !...

— Mais alors, dit le pauvre curé, complètement bouleversé, complètement désorienté, mais alors je ne comprends plus du tout. Si tu l'aimes, Jean, et si elle t'aime !

— Mais c'est à cause de cela surtout qu'il faut que je parte. S'il n'y avait que moi ! si j'étais certain qu'elle ne s'est pas aperçue de mon amour, certain qu'elle n'en a pas été attendrie ! je resterais... je resterais... rien que pour la douceur de la voir, et je l'aimerais de loin, sans espérance aucune, rien que pour le bonheur de l'aimer... Mais non, elle a bien compris... et loin de me décourager... enfin... voilà ce qui m'oblige à partir...

— Non, je ne comprends plus. Je sais bien, mon pauvre enfant, que nous parlons là de choses où je ne suis pas grand clerc... mais, enfin, vous êtes tous les deux bons, jeunes et charmants... **Tu l'aimes... elle t'aimerait... et tu ne pourrais pas!...**

— Et son argent, mon parrain, et son argent!

— Qu'importe son argent! ce n'est rien que son argent! Est-ce que c'est à cause de son argent que tu l'as aimée?... C'est plutôt malgré son argent. Ta conscience, mon Jean, sera bien en paix à cet égard, et cela suffit.

— Non, cela ne suffit pas. Avoir bonne opinion de soi-même, ce n'est pas assez; il faut encore que cette bonne opinion soit partagée par les autres.

— Oh! Jean, parmi ceux qui te connaissent, qui pourrait douter de toi?

— Qui sait?... Et puis il y a autre chose que cette question d'argent, autre chose de plus sérieux et de plus grave. Je ne suis pas le mari qui lui convient.

— Et quel autre plus digne que toi?...

— Il ne s'agit pas de rechercher ce que je puis valoir, il s'agit de considérer ce qu'elle est et de considérer ce que je suis; il s'agit de se demander ce que doit être sa vie et ce que doit être ma vie, à moi... Un jour, Paul, — vous savez, il a une façon un peu brutale de dire les choses... mais cela donne souvent à la pensée beaucoup de clarté, — il était question d'elle... Paul ne se doutait de rien... sans cela... il est bon... et n'aurait pas ainsi parlé. Eh bien, il me disait : « Ce qui lui faut, c'est un mari qui soit bien à elle, tout à elle, un mari qui n'ait d'autre souci que de faire de son existence une fête perpétuelle. » Vous me connaissez... Un tel mari, je ne peux pas, je ne dois pas l'être. Je suis soldat et veux rester soldat. Si les hasards de ma carrière m'envoient un jour en garnison dans quelque trou des Alpes ou dans un village perdu de l'Algérie, puis-je lui demander de me suivre? puis-je la condamner à cette existence de femme de soldat, qui est, en somme, un peu l'existence du soldat! Pensez à la vie qu'elle mène aujourd'hui, à tout ce luxe, à tous ces plaisirs?...

— Oui, dit l'abbé, cela est plus sérieux que la question d'argent.

— Tellement sérieux, qu'il n'y a pas d'hésitation possible. Pendant ces vingt jours que j'ai passés là-bas, seul, au camp, j'ai bien pensé à tout cela... je n'ai pensé qu'à cela... et, l'aimant comme je l'aime, il faut que les raisons soient bien fortes qui me montrent clairement mon devoir. Je dois m'en aller... loin, bien loin, le plus loin possible. J'en souffrirai beaucoup... mais je ne dois plus la revoir! je ne dois plus la revoir!

Jean se laissa tomber sur un fauteuil, près de la cheminée; il resta là, accablé. Le vieux prêtre le regardait.

— Te voir malheureux! mon pauvre enfant! qu'une telle douleur tombe sur toi!... Cela est trop cruel, trop injuste!...

A ce moment, on frappa légèrement à la porte.

— Ah! dit le curé, n'aie pas peur, Jean... je vais renvoyer...

L'abbé se dirigea vers la porte, l'ouvrit et recula comme devant une apparition inattendue.

C'était Bettina. Tout de suite, elle avait vu Jean, et, allant droit à lui :

— Vous?... s'écria-t-elle. Oh! que je suis contente!

Il s'était levé... elle lui avait pris les deux mains, et, s'adressant à l'abbé :

— Je vous demande pardon, monsieur le curé, si c'est

à lui d'abord que je suis allée... Vous, je vous ai vu hier...
et lui, pas depuis vingt grands jours, pas depuis certain soir où il est parti de la maison triste et souffrant.

Elle tenait toujours les mains de Jean. Il ne se sentait
la force ni de faire un mouvement, ni de prononcer une
parole.

— Et maintenant, continua Bettina, allez-vous mieux?
Non, pas encore... je le vois... encore triste... Ah! comme
j'ai bien fait de venir! J'ai eu là une inspiration. Cependant, cela me gêne un peu, cela me gêne beaucoup de vous
trouver ici. Vous comprendrez pourquoi lorsque vous
saurez ce que je viens demander à votre parrain.

Elle abandonna les mains de Jean, et, se tournant vers
l'abbé : .

— Je viens, monsieur le curé, vous prier de vouloir
bien entendre ma confession... Oui, ma confession... Mais
ne vous avisez pas de vous en aller, monsieur Jean. Je
ferai ma confession publiquement. Je parlerai très volontiers devant vous... et même, en y songeant, cela sera
bien mieux ainsi. Asseyons-nous... voulez-vous?

Elle se sentait pleine de confiance et de hardiesse. Elle
avait la fièvre, mais cette fièvre qui, sur le champ de
bataille, donne au soldat de l'ardeur, de l'héroïsme et le
mépris du danger. L'émotion qui faisait battre le cœur de
Bettina plus vite qu'à l'ordinaire était une émotion haute
et généreuse. Elle se disait :

Puisque lui ne peut pas avoir le courage, c'est à moi
d'en avoir pour nous deux, c'est à moi de marcher seule,
la tête haute et d'un cœur tranquille, à la conquête de
notre amour, à la conquête de notre bonheur!

Bettina, dès les premiers mots, avait pris sur l'abbé et
sur Jean un complet ascendant. Ils la laissaient dire, ils se

laissaient faire. Ils sentaient bien que l'heure était suprême, ils comprenaient que ce qui allait se passer là serait décisif, irrévocable ; mais ils n'étaient ni l'un ni l'autre en état de prévoir... Ils s'étaient assis docilement, presque automatiquement. Ils attendaient, ils écoutaient... Entre ces deux hommes éperdus, Bettina, seule, était de sang-froid.

Ce fut d'une voix nette et précise qu'elle commença :

— Je vous dirai, d'abord, monsieur le curé, et cela pour mettre votre conscience pleinement en repos, je vous dirai que je suis ici avec le consentement de ma sœur et de mon beau-frère. Ils savent pourquoi je suis venue, ils savent ce que je vais faire. Ils ne le savent pas seulement, ils l'approuvent. C'est entendu, n'est-ce pas? Eh bien, ce qui m'amène, c'est votre lettre, monsieur Jean, cette lettre par laquelle vous avez appris à ma sœur que vous ne pouviez pas, ce soir, venir dîner avec nous et que vous étiez absolument obligé de partir. Cette lettre a dérangé tous mes projets... En effet, ce soir, — toujours avec la permission de ma sœur et de mon beau-frère, — je voulais, après le dîner, vous emmener dans le parc, monsieur Jean, m'asseoir avec vous sur un banc, — j'avais eu l'enfantillage de choisir la place d'avance, tout à l'heure ; — là, je vous aurais tenu un petit discours, très préparé, très étudié, presque appris par cœur ; car, depuis votre départ, je ne pense qu'à ce petit discours. Je me le récite à moi-même du matin au soir. Voilà donc ce que je me proposais de faire, et vous comprenez que votre lettre... Je me suis trouvée fort embarrassée... J'ai un peu réfléchi et je me suis dit que, si j'adressais mon petit discours à votre parrain, ce serait à peu près comme si je vous l'adressais à vous-même. Je suis donc venue, monsieur le curé, vous prier de vouloir bien m'écouter.

— Je vous écoute, mademoiselle, balbutia l'abbé.

— Je suis riche, monsieur le curé. Eh bien, monsieur
le curé, de même que vous avez, vous, charge d'âmes, il
me semble que j'ai, moi, charge d'argent. Je me suis toujours dit : « Je veux que mon mari soit, avant tout, digne
de partager cette grande fortune; je veux être bien certaine qu'il en fera bon usage, avec moi, tant que je serai
là, et, après moi, si je dois m'en aller de ce monde, la
première. » Je me disais encore autre chose... Je me
disais : « Celui qui sera mon mari, je veux l'aimer! »
Et voilà, monsieur le curé, où véritablement commence
ma confession. Il est un homme qui, depuis deux mois,
a fait tout ce qu'il a pu pour me cacher qu'il m'aimait...
Mais cet homme, je n'en doute pas, il m'aime... Jean
n'est-ce pas, vous m'aimez?

— Oui, dit Jean, tout bas, les yeux fermés, comme un
criminel, je vous aime!

— Je le savais bien; mais, enfin, j'avais besoin de vous
l'entendre dire. Et maintenant, Jean, je vous en conjure,
ne prononcez plus un seul mot. Toute parole de vous
serait inutile, me troublerait, m'empêcherait d'aller jusqu'au bout et de vous dire ce que je tiens absolument
à vous dire.

Bettina perdait un peu de son assurance, sa voix tremblait légèrement. Elle reprit cependant avec un enjouement un peu forcé :

— Mon Dieu, monsieur le curé, je ne vous accuse certainement pas de ce qui est arrivé, mais pourtant tout cela
est un peu votre faute.

— Ma faute !

— Ah! ne me parlez pas, vous non plus. Oui, je le
répète, votre faute... Je suis certaine que vous avez dit

à Jean beaucoup de bien de moi, beaucoup trop. Peut-être,
sans cela, n'aurait-il pas songé... Et, en même temps,
à moi, vous me disiez beaucoup de bien de lui, — pas
trop, non, non, mais enfin beaucoup! — Alors, moi, j'avais
tant de confiance en vous, que j'ai commencé à le regarder
et à l'examiner avec un peu plus d'attention. Je me suis
mise à le comparer avec tous ceux qui, depuis un an,
avaient demandé ma main. Il m'a paru qu'il leur était de
toute manière absolument supérieur... Enfin il est arrivé
qu'un certain jour... ou plutôt un certain soir... il y a trois
semaines, la veille de votre départ, Jean, je me suis
aperçue que je vous aimais... Oui, Jean, je vous aime!...
Je vous en conjure, Jean, ne dites rien... restez assis...
ne vous approchez pas de moi. J'avais fait, avant de venir
ici, provision de courage; mais je n'ai déjà plus, vous le
voyez, mon beau calme de tout à l'heure. J'ai encore
cependant certaines choses à vous dire... et les plus impor-
tantes de toutes. Jean, écoutez-moi bien. Je ne veux pas
d'une réponse arrachée à votre émotion. Je sais que vous
m'aimez... Si vous devez m'épouser, je ne veux pas que ce
soit seulement par amour; je veux que ce soit aussi par
raison. Pendant ces quinze jours qui ont précédé votre
départ, vous avez pris un tel soin de me fuir, de vous
dérober à tout entretien, que je n'ai pas pu me montrer
à vous telle que je suis. Il y a en moi peut-être certaines
qualités que vous ne connaissez pas... Jean, je sais ce que
vous êtes, je sais à quoi je m'engagerais en devenant votre
femme, et je serais pour vous non pas seulement une
femme aimante et tendre, mais aussi une femme coura-
geuse et ferme. Je connais votre vie entière, c'est votre
parrain qui me l'a racontée. Je sais que vous êtes soldat,
je sais quels devoirs, quels sacrifices vous pouvez entrevoir

dans l'avenir... Jean, n'en doutez pas, je ne vous détour-
nerai d'aucun de ces devoirs, d'aucun de ces sacrifices. Si
je pouvais vous en vouloir de quelque chose, je vous en
voudrais peut-être de cette pensée, — oh! vous avez dû
l'avoir! — que je vous souhaiterais libre et tout à moi,
que je vous demanderais d'abandonner votre carrière.
Jamais! jamais! entendez-vous bien, jamais je ne vous
demanderai une pareille chose... Je vous aime et je vous
veux tel que vous êtes. C'est parce que vous vivez autrement et mieux que tous ceux qui m'ont désirée pour
femme que je vous ai, moi, désiré pour mari. Je vous
aimerais moins, je ne vous aimerais peut-être plus du tout,
— cela me serait bien difficile cependant, — si vous vous
mettiez à vivre comme vivent tous ceux dont je n'ai pas
voulu... Quand je pourrai vous suivre, je vous suivrai,
et partout où vous serez sera mon devoir, partout où vous
serez sera mon bonheur. Et, si le jour arrive où vous ne
pourrez pas m'emmener, le jour où vous devrez partir seul,
eh bien! Jean, ce jour-là, je vous promets d'avoir du courage, pour ne pas vous enlever votre courage à vous... Et
maintenant, monsieur le curé, ce n'est pas à lui, c'est à
vous que je m'adresse... je veux que ce soit vous qui
répondiez... pas lui. Dites... s'il m'aime et s'il me sent digne
de lui, serait-il juste de me faire expier si durement ma
fortune?... Dites!... ne doit-il pas accepter d'être mon mari?

— Jean, dit gravement le vieux prêtre, épouse-la... c'est
ton devoir... et ce sera ton bonheur!

Jean s'approcha de Bettina, la prit dans ses bras et posa
sur son front un premier baiser.

Bettina se dégagea doucement, et, s'adressant à l'abbé :

— Et maintenant, monsieur le curé, j'ai encore quelque
chose à vous demander... Je voudrais... je voudrais...

— Vous voudriez?...

— Je vous en prie, monsieur le curé, embrassez-moi.

Le vieux prêtre l'embrassa sur les deux joues, paternel-
lement, et ensuite Bettina :

— Vous m'avez dit bien souvent, monsieur le curé, que
Jean était un peu votre fils, — moi aussi, n'est-ce pas? je
serai un peu votre fille. Cela vous fera deux enfants, voilà
tout !

. . . .

Un mois après, le 12 septembre, à midi, Bettina, dans la
plus simple des robes de mariée, traversait l'église de Longueval, pendant que, placée derrière l'autel, la fanfare
du 9e d'artillerie sonnait joyeusement sous les voûtes de la
vieille église.

Nancy Turner avait sollicité l'honneur de tenir l'orgue
en cette circonstance solennelle ; car le pauvre petit harmonium avait disparu. Un orgue aux tuyaux resplendissants
se dressait dans la tribune de l'église. C'était le cadeau de
noces de miss Percival à l'abbé Constantin.

Le vieux curé dit la messe. Jean et Bettina s'agenouil-
lèrent devant lui ; il prononça la formule de la bénédiction
et resta ensuite, pendant quelques instants, en prière, les
bras étendus, appelant de toute son âme les grâces du ciel
sur la tête de ses deux enfants.

L'orgue fit alors entendre ce même air que Bettina avait
joué, la première fois qu'elle était entrée dans cette petite
église de village où devait être consacré le bonheur de
sa vie.

Et ce fut Bettina cette fois qui pleura.

6205 . — Coulommiers. — Imp. PAUL BRODARD. — 6-25.
3767-5-25.

www.ingramcontent.com/pod-product-compliance
Lightning Source LLC
LaVergne TN
LVHW050624060726
842527LV00004B/1180